余向无日记。
书衣文录，
实彼数年间之日记断片……

书衣文录

孙犁散文新编

孙犁 著

人民文学出版社

图书在版编目（CIP）数据

书衣文录/孙犁著.——北京：人民文学出版社，2024
（孙犁散文新编）
ISBN 978-7-02-018356-2

Ⅰ.①书… Ⅱ.①孙… Ⅲ.①散文集－中国－当代 Ⅳ.①I267

中国国家版本馆CIP数据核字（2023）第215841号

责任编辑	杜　丽　陈　悦
装帧设计	刘　静
责任印制	苏文强
出版发行	人民文学出版社
社　　址	北京市朝内大街166号
邮政编码	100705
印　　刷	北京新华印刷有限公司
经　　销	全国新华书店等
字　　数	149千字
开　　本	787毫米×1092毫米　1/32
印　　张	11.25　插页2
印　　数	1—3000
版　　次	2024年1月北京第1版
印　　次	2024年1月第1次印刷
书　　号	978-7-02-018356-2
定　　价	69.00元

如有印装质量问题，请与本社图书销售中心调换。电话：010－65233595

孙 犁（1913—2002）

原名孙树勋，曾用笔名芸夫，河北省安平县孙遥城村人。早年毕业于保定育德中学，曾在北平短期谋生，后任安新县同口镇小学教师。抗日战争爆发后加入中国共产党领导的革命队伍，任职于华北联大、《晋察冀日报》，从事文学创作和抗日宣传工作。1944年到延安，在鲁迅艺术文学院担任教员。1945年在《解放日报》发表短篇小说《荷花淀》《芦花荡》等，受到文坛瞩目，并被誉为"荷花淀派"的创始人。新中国成立后在《天津日报》社工作直至离休。其早期作品清新、明丽，代表作有《白洋淀纪事》《铁木前传》《风云初记》；晚年作品则平淡、深沉、隽永，结集为"耕堂劫后十种"。2004年，人民文学出版社出版11卷本《孙犁全集》。

目 录

自序____001

书衣文录____001
  跋尾及其他____232
理书记____237
  甲戌理书记____239
  理书续记____262
  理书三记____277
  理书四记____294
耕堂题跋____311

编后____350

自　序[1]

七十年代初，余身虽"解放"，意识仍被禁锢。不能为文章，亦无意为之也。曾于很长时间，利用所得废纸，包装发还旧书，消磨时日，排遣积郁。然后，题书名、作者、卷数于书衣之上。偶有感触，虑其不伤大雅者，亦附记之。此盖文字积习，初无深意存焉。

今值思想解放之期，文路广开，大江之外，不弃

---

[1] 这些文字在报刊上发表时，有时题作《书衣文录》，署名耕堂；有时题作《耕堂书衣文录》，则署名孙犁。这篇序文，是1979年在《天津师院学报》第1期发表时撰写的。——编者注。下同。

渭细。遂略加整理，以书为目，汇集发表，借作谈助。蝉鸣寒树，虫吟秋草，足音为空谷之响，蚯蚓作泥土之歌。当日身处非时，凋残未已，一息尚存，而内心有不得不抒发者乎？路之闻者，当哀其遭际，原其用心，不以其短促零乱、散漫无章而废之，则幸甚矣。

一九七九年五月二日灯下记

书衣文录

一九五六年

文仇合制西厢记图册①

曾于天津鼓楼小肆中见一册。今年托人在北京五洲书店购得此册,与前所见似非一处印刷。书皮污染,经擦净重裹一纸。

纵　耕② 一九五六年春季

---

① 此则及《宋拓夏承碑》《文徵明行书离骚》,皆据刘宗武所拍照片抄录。文:文徵明;仇:仇英,均为明代画家。
② 纵耕:孙犁笔名。

一九六五年

明清藏书家尺牍

一九六五年二月,时妻病入医院,心情颇痛。京中寄此残书来,每晚修整数页,十余日方毕。年过五旬,入此情景,以前梦中,无此遭际。

雨水①

时有所感:青春远离,曾无怨言,携幼奉老,时值乱年。亲友无憾,邻间无间。晚年相随,我性不柔,操持家务,一如初娶。知足乐命,安于淡素。

一九六五年二月十九日晚

---

① 1965年2月19日,是农历节气的雨水。

一九六六年

都门竹枝词

苏州旧书店寄来此书。今日一帮忙人，托病辞去，不得其解，怅然久之。伊与病妻同龄，形体亦仿佛。灯下书此，以志纷乱之感想。

一九六六年二月十日

群芳清玩　上 ①

近年以整理旧书残籍休息脑力，有时购书太多，每日擦磨贴补，亦大苦事。近日忽念不购新货，取橱中旧有者整理之，有事可做，而不太累，亦良法也。

一九六六年二月十五日

---

① 手迹本，《群芳清玩》《金陵琐事》，均分上下，发表时合二为一。文字亦有改动。

群芳清玩　下

阅旧书多，易养成无病呻吟之恶习，此可戒也。其清新扬厉的句子，还是应该从新时代的作品中求之。

一九六六年二月十五日晚装竟想到

金陵琐事　上

此等书不知何年所购置，盖当时影印本出，未得，想知其内容，买来翻翻。整理书橱，见其褴褛，装以粗纸，寒伧如故。

一九六六年，时已五十四岁。

金陵琐事　下

余今年五十四岁，忆鼓捣旧书残籍，自十四岁起[1]，

---

[1] 1926年，孙犁入保定育德中学，时年14虚岁。

则此种生涯，已四十年。黄卷青灯，寂寥有加，长进无尺寸可谈，愧当如何？

一九七二年

艺舟双楫（古今书室排印本）

一九七二年与此书重见。惜其垢污残损，为之洁修包装。庶几其有此经历，能面貌一新云。（此则为此番包书题字之首作，可记也。一九七九年十月再识）

广艺舟双楫

久别重逢，如久违之石。惜君尘垢蒙身，亟为洁修整装，亦纪念此一段经历也。

一九七二年十一月于多伦道宿舍

附记：此证余已搬回原住处，然身处逆境，居已不易。花木无存，荆棘满路。闭户整书，以俟天命。

六十种曲① 十二册

又 一九七二年十一月记：书之为物，古人喻为云烟，而概其危厄为：水火兵虫。然纸帛之寿，实视人之生命为无极矣，幸而得存，可至千载，亦非必藏之金匮石室也。佳书必得永传，虽经水火，亦能不胫而走。劣书必定短命，以其虽多印而无人爱惜之也。此《六十种曲》，系开明印本，购自旧书店，经此风雨多残破，今日为之整修，亦证明人之积习难改，有似余者。

一九七三年

全唐文纪事 下（陈鸿墀）

一九七三年三月六日瓶书斋整藏，下午四时。

---

① 手迹本，《六十种曲》一、二、三、四、五、六、十册、十一册、十二册。十二册上，并无此段文字。这段文字，不见手迹，据"一九七二年十一月记"，列入1972年；又据手迹本《六十种曲十二册》，"瓶书斋再装"字样，故用《六十种曲十二册》为题。

小说旧闻钞

费慎祥印本，版权页有鲁迅印章。一九七三年十月一日，雨中无事，为家人出纳图书，见此本破碎，且有将干之糊，无用之纸，因为装修焉。

中国小说史略

此书系我在保定上中学时，于天华市场（也叫马号）小书铺购买，为我购书之始。时负笈求学，节衣缩食，以增知识。对书籍爱护备至，不忍其有一点污损。此书历数十年之动荡，仍在手下，今余老矣，特珍视之。凡书物与人生等，聚散无常，或屡收屡散。得之艰不免失之易；得之易更无怪失之易也。此是童年旧物，可助回忆，且为寒斋群书之最长者。

时一九七三年十二月二十一日晚。
室内十度，传外零下十四度云。

一 周 间

此书系三十年代初,我在北平流浪时,购于荒摊。现居然存于手下,其资历,仅次于小说史,亦难得之遇矣。附存作者写作经验,系当年家中闲住时,从《大公报》剪下粘贴于废册上者。

一九七三年十二月二十一日晚题

一九七四年

鲁迅书简(许广平编)

余性憨直,不习伪诈,此次书劫,凡书目及工具书,皆为执事者攫取,偶有幸存,则为我因爱惜用纸包过者。因此得悟,处事为人,将如兵家所云,不厌伪装乎。

此书厚重,并未包装,安然无恙,殆为彼类所不喜。当人文全集①出,书信选编寥寥,令人失望,记

---

① 指人民文学出版社1956年出版的十卷本《鲁迅全集》。

得天祥①有此本，即跑去买来，视为珍秘。今日得团聚，乃为裹新装。

一九七四年一月二日晚间无事记

菿汉昌言（章太炎）

《章氏丛书续编》之七，章氏国学讲习会单行本。

瓶书斋装于一九七四年二月，星期日值寒流北来，大风，不能外出。

六十种曲② 一

瓶书斋重修于一九七四年四月，时甫从京中探望老友，并乘兴游览八达岭及十三陵归来。

---

① 天津天祥市场内有新华书店古籍门市部。
② 手迹本，《六十种曲》分为一、二、三、四、五、六、十册、十一册、十二册，共九册。发表时，顺序、文字作了调整、改动，均列于《六十种曲》之下。

六十种曲 二

纵耕一九七四年四月重修

六十种曲 三

瓶书斋重修于一九七四年四月

六十种曲 四

瓶 一九七四年四月于天津多伦道寓所重修

六十种曲 五

瓶书一九七四年四月十日于灯下重修,时年六十有二矣。节遇清明①,今晨黎明起,种葫芦、豆角于窗下,院中多顽儿,不能望其收成也。前日王林倩人送玻璃翠一小盆,放置廊中向阳处,甚新鲜。

------

① 一九七四年清明节为四月五日。

六十种曲 六

重修于天津多伦道宿舍。

一九七四年四月

六十种曲 十册

此日下午至滨江道做丝棉裤袄各一件,工料费共七十余元,可谓奢矣。冬衣夏做,一月取货。

瓶书斋再装于一九七四年春

六十种曲 十一册

瓶书斋重装于一九七四年

六十种曲 十二册

瓶书斋再装于一九七四年四月。时杨花已落,种豆未出，院中儿童追逐投掷，时有外处流氓，手摇大弹弓，漫步庭院，顾盼自雄，喧嚣奇异；宇宙大乱。闭户修书，以忘虎狼之屯于阶下也。

潜研堂文集　上

昨夜梦回，忽念此书残破，今晨上班，从同事乞得书皮纸，归而装修焉。

一九七四年四月二十四日记

潜研堂文集　下

能安身心，其唯书乎！

一九七四年四月廿四晚

李太白集　上① 瓶书斋修订记（国学基本丛书本）

昨日从办公室乞得厚纸，今日为此册包装，见书面题记，此集购于一九五一年冬季，为我进城首置图籍之一。二十五年，三津浮沉，几如一梦。经此大乱离，仍在案头，且从容为之修饰，亦可谓幸矣。

一九七四年四月廿五日下午记

李太白集　下（国学基本丛书本）

四十年来，惜书如命，然亦随得随失，散而复聚。今老矣，书物之循环往复，将有止境乎？殊难逆料也。有一段时间，余追求线装，此书尘封久。今读书只求方便，不管它什么版本了。

一九七四年四月二十五日下午记于瓶斋

---

① 手迹本，《李太白集》分上下，发表时合二为一，文字未改动。

马哥孛罗游记

书籍发还时,余居佟楼①小室,以书籍无处安放,且念其为大累,遂择无关紧要者,分赠尚有来往之青年,映山、文会、克明②等,均有所得。此书为人携至外地。克明谋回市内,为其办理者寻借此书,及索还,而克明事已不谐。今再装修,仍为寒斋所有,亦不想再赠他人矣。

一九七四年四月二十六日

西 游 记

有友人言,青年人之不知爱书,是因为住处狭小,余颇以为非此。书籍虽非尽神圣,然阅后总应放置于高洁之处,不能因无台柜,即随意扔在床下,使之与鞋袜为伍也。总因不知读书之难。

---

① 佟楼,位于天津市河西区西部;"文革"初期作者被迫迁住的临时寓所所在地。
② 即韩映山、艾文会、李克明。

青年无爱护书籍习惯，书经彼等借阅归来，即如遭大劫，破损污胀，不可形容。青年无购书习惯，更少以自己劳力所获，购置书籍者。其所阅书，多公家发给，以为日用品，阅后即随便抛掷。即使借自他人，亦认为无足轻重也。

一九七四年四月

此皆小说也，而未失去，图章之力乎？此所谓自我失之，自我得之矣。

所感甚多，因作书箴：

淡泊晚年，无竞无争。抱残守阙，以安以宁。唯对于书，不能忘情。我之于书，爱护备至：污者净之，折者平之，阅前沐手，阅后安置。温公①惜书，不过如斯。

勿作书蠹，勿为书痴。勿拘泥之，勿尽信。天道多变，有阴有晴。登山涉水，遇雨遇风。物有聚散，时损时增。不以为累，是高水平。

---

① 温公：即宋朝司马光，死后追封温国公。

荡寇志（商务精装排印本）

此书近借与同乡之任部队后勤军官者。彼近年以职务方便，颇读中外小说，并略有藏书。对此书似无兴味，送还时，书面油渍颇多，盖彼习惯于开饭时阅读，而彼等之伙食，据他说办得甚好云。

同乡童年参军，系农民，从行伍提拔，阅历甚多。余近又借与小木板《笑林广记》一部，则甚喜，亦不归还矣。

一九七四年四月修补后记

尔雅义疏 上

此破书购自鬼市[①]，早想扔掉，而竟随书物往返。琳琅者损失，无用者存留。不得已于此假日，为之整

---

① 新中国成立前后，天津旧货市场，位于天宝路，即今南开区西市大街附近一带。因货物大都来自非正常渠道，故多在拂晓前交易，人称"鬼市"。

装,顺事物自然法则也。

昨晚为家人朗诵白居易书信三通,中有云:又或杜门隐几,块然自居,木形灰心,动逾旬月。当此之际,又不知居在何地,身是何人。

一九七四年五月一日瓶斋记

尔雅义疏 下

昨日康[①]之公子来,言其父被召开会,出门上公共汽车,上下人拥挤,被推下车,跌断腿骨,甚可念也。本院[②]有文姓,前曾被推下楼梯,大腿骨折。今当访其治疗经验,以告康君。

一九七四年五月一日上午记

---

① 即康濯。
② 孙犁原住天津市多伦道的一个大杂院里。

郑文学史[1]

今日不适未上班,整理英法文《中国文学》,及己著残书。感伤身世,不能自已。后又包装此书,益觉无聊。

曾未正式读过文学史,对郑氏文章,不喜其语言文字。近读白氏集,找出此书查看,并包装之。

一九七四年五月八日,记于灯下,
思前想后,心胸堵塞,甚不舒也。

越缦堂读书记　上

余曾浏览李氏日记,但忘记是在何所。后又购得日记补。昨日检阅,颇以草乱为烦。念及此书,因为之包装。书目书,既不知为何人掠去,而近又喜翻旧籍,即以此备参考之用云。

瓶斋记
一九七四年五月

---

[1] 郑振铎著《插图本中国文学史》。

越缦堂读书记　下

余曾于北京国子监旧书店购得商务初排本,后又购此本,今并存。

瓶斋一九七四年五月,时年六十有二矣

宋　词　选

某君需索宋词,即刻检出,恐其有失,软纸皮外,另加硬纸皮焉。

一九七四年六月四日上午记

风云初记

一九七四年七月二日下午,淮舟①持此书来。展读之下,如于隔世,再见故人。此情此景,甚难言矣。

---

① 冉淮舟,作家,孙犁创作研究者,有编著多种。

著作飘散，如失手足，余曾请淮舟代觅一册，彼竟以自存者回赠，书页题字，宛如晨星。余于所为小说，向不甚重视珍惜。然念进入晚境，亦拟稍作收拾，借慰暮年。所有底本，今全不知去向，出版社再版，亦苦无依据，文字之劫，可谓浩矣。尚不如古旧书籍，能如春燕返回桂梁也。

当时批判者持去，并不检阅内容，只于大会发言时，宣布书名，即告有罪。且重字数，字数多者罪愈重。以其字多则钱多，钱多则为资产阶级。以此激起群众之"义愤"，作为"阶级斗争"之手段。尚何言哉。随后即不知抛掷于何所。今落实政策，亦无明确规定，盖将石沉大海矣。

呜呼！人琴两亡，今之习见，余斤斤于斯，亦迂愚之甚者矣。收之箱底，愿人我均遗忘之。

四日上午记

战争与和平

余进城后，少买外国小说，如此大著，尚备数种，此书且曾认真看完，然以年老，不复记其详节。书物归来，先为魏小姐借去，近家人又看，因借机洁修焉。

余幼年，从文学见人生，青年从人生见文学。今老矣，文学人生，两相茫然，无动于衷，甚可哀也。

此系残存之籍，修整如此，亦不易矣。

一九七四年七月四日灯下记

宣和遗事

此书购时即多油污，颇难洁整。十年播迁，蒙垢更甚，然竟尚存。且今日小室清平，主人无事，乃为之包裹新衣，并取勘他本，悠闲之态，盖彼于一日三迁之时，所未能想到者也。峻涧浅滩，逝水如斯，宋人话本，实亦历史之涛声乎？

一九七四年七月六日上午瓶记

东坡逸事

此为杂书中之杂书，然久久不忍弃之，以其行稀字大，有可爱之处。余性犹豫，虽片纸秃毫，亦有留恋。值大事，恐受不能决断之害。

一九七四年七月十二日晚，为此书修破脊，
后又发现一张包货纸，遂装饰之。

天方夜谭（文言译本）

此书购自天祥市场，摊贩配全者也。多年来竟未抛失。白话译本，余于青岛见之，彼时养病，未暇及此。此次阅读数篇，人生怪事，何必天方？年老不愿读小说，非必认小说为谎言也。人陷于情欲，即如痴如盲，孽海翻腾，尚以为风流韵事也。

此书数次借与同院少年，然彼等实不能读。但弄污后，我必再为修理，不以为苦，反以为乐耳。

一九七四年七月十三日

三 姊 妹

此污书,当购于南市①摊贩,早应处理,竟在书架。弃之不忍,为之洁修,亦念旧交之谊耳。

一九七四年七月十三日

历代诗话

一、二年中,风波时起。猜疑深匿心中,遇机即暴发,恐终至于决裂。处事:明而后决,不留疑窦;行之而疑,我之大过。(上册)

一九七四年八月十七日

---

① 南市,泛指天津市南门外大街以东、南马路以南、和平路以西一带的街区。清末,这里到处是积水,俗称"城南洼"。后来有人盖了房子居住,天津人遂叫它"南市",因日、法二国租界地在此交汇,一部分地方又被叫作"三不管",是三教九流、五行八作聚集的地方,为一个多功能商业区,也是中下层人民居住、购物和娱乐中心。南市现已彻底改造,不复存在。

自寻烦恼，不能尤人。又不能达，又不能忍，痛苦将愈来愈深。（下册）

同日夜记

脂砚斋《红楼梦》辑评

深念情欲惑人，踏入时，直如黑白不辨，是非颠倒。及至脚下感到泥泞，则又愈拔愈陷，灭裂而后已。

一九七四年八月十七日晚记

静静的顿河

此系进城后，所购第一批书中之一。日前发现书店发货单，为一九五四年九月，托杨玉玺所购。因知初到津五年间，并未想到大置书籍。大批买书，当在一九五九年养病归来以后。

并未读完，只读第一册耳。此书字号太小，恐以后更不能读。

院中青少年，并不读书，无事可做，打闹喧嚣，终日不息。退处室内，亦不能看书做事。日日听这种声音，看这些形状，此即所谓天津风貌也。

一九七四年八月二十七日下午记

鲁迅小说里的人物

今日下午偶检出此书。其他关于鲁迅的回忆书籍，都已不知下落。值病中无事，粘废纸为之包装。并想到先生一世，惟热惟光，光明照人，作烛自焚。而因缘日妇、投靠敌人之无聊作家，竟得高龄，自署遐寿。毋乃恬不知耻，敢欺天道之不公乎！

一九七四年十一月二十三日

越缦堂詹詹录

今日星期，下午无事而不能静坐阅书，适此书在手下，为觅得此种纸包装。《越缦堂日记》，久负盛誉，余曾于北京文学研究所借来翻阅，以其部头大，影印字体不清，未积极购求之。后以廉价购得日记补十余册，藉见一斑。后又从南方书店函购此部，虽系抄录，然以铅印，颇便阅览。鲁迅先生对此日记有微言。然观其文字，叙述简洁，描写清丽，所记事端，均寓情感。较之翁文恭、王湘绮之日记，读来颇饶兴味，可谓日记体中之洋洋者矣。

此公在清末，号为大名士，读书精细，文字生动，好自夸张，颇喜记述他人对他的称赞。这种称赞，多是有求于他，他却即当真收受，满心高兴，看来很是天真。其实，在当时，所谓名士，喜怒笑骂，都是有为而发，并能得到价钱，且能得到官做。细读清朝公私文书，此点甚明，所谓一时代有一时代的风习也。

一九七四年十一月二十四日

怀素自叙帖真迹

肇公①自故宫寄赠。自去岁函托他代购此本，彼

---

① 陈肇，孙犁的老战友。

即念念不忘,而出版一再拖延。此次寄来,包扎妥贴,老成典型,实可感念。

此为近年新购书之第一本,不能忘情于此道,亦苦事亦累事也。

一九七四年十一月三十日即用肇公纸包装之

宋人轶事汇编　上

又缺195—196,瓶斋藏书。

一九七四年十一月卅日用肇公寄书包裹纸装之

宋人轶事汇编　下

此书有残,俟有机会补足之。缺173、174页。

瓶斋藏书

春渚纪闻

一九七四年冬季，又头晕休息。此数日并感冒不适，不愿外出，整理残书。商务此种版本，颇便老年人阅读。除此数种外，余尚有《齐东野语》一部。

十一月某日

清平山堂话本

明·洪楩编。日本内阁文库藏残本十五篇，范氏天一阁藏残本十二篇。

一九七四年十二月十日瓶斋

唐人选唐诗　十种

《唐写本唐人选唐诗》《箧中集》《河岳英灵集》《国秀集》《御览集（诗）》《中兴间气集》《极玄集》《又玄集》《才调集》《搜玉小集》

一九七四年十月十二日瓶斋灯下

《学生字典》商务版

余识字不多,典故知识尤少。但不好查辞书。此次大部辞书失去,只留此小字典。老年多忘,愿养成遇生字即查字典之良好习惯,减少念写错白字的过失。手头有此废纸,为之包装,保其洁整,乐于触摸。

一九七四年十二月十四日时屋内颇暖

随园诗话

有一青年,束鹿人,好写作,前年来舍,细阅书橱名目,见此书有复本,遂索石印本去,余亦欣然赠之。

一九七四年十二月十五日

骨董琐记全编

此书购置较早,此后即大量收集旧版书。《津门小集》①有篇引证此书文字,②曾被人大感失望。此公大有识力,有预见,目前恐已绝望于余矣。呜呼!

一九七四年十二月十七日下午散步归来记

吹剑录全编

瓶斋一九七四年十二月廿一日,以保真携来废纸装。

辞　海

《辞源》及《中国人名大辞典》既失,幸此书及《汉语词典》尚在。然此书字甚细小,余已不能用,必要时,或借助于放大镜乎?此次,辞书及书目,失者甚夥。盖执事诸君,多原来书贩,知何书于彼业务有关,何

---

① 天津解放初期,孙犁在天津市郊农村和工厂采访时所写散文的合集,1962年9月由百花文艺出版社出版。
② 指散文《津沽路上有感》一文对《骨董琐记全编》作的引述。

书易出手卖钱也。书有包皮或有图章，则能幸存，此余前之所不及料知也。原皮已破，今日觅纸易之。

一九七四年十二月二十八日晚

海上述林（上卷）

余在安新县同口镇小学任教时，每月薪给二十元，节衣缩食，购置书籍。同口为镇，有邮政代办所，余每月从上海函购新出版物，其最贵重者，莫如此书。此书出版，国内进步知识分子，莫不向往。以当时而论，其内容固不待言，译者大名，已具极大引力；而编者之用心，尤为青年所感激；至于印刷，空前绝后，国内尚无第二本。余得到手，如捧珍物，秘而藏之，虽好友亦吝于借观也。

一九三七年暑假，携之归里。值抗日烽火起，余投身八路军。家人将书籍藏于草屋夹壁，后为汉奸引敌拆出，书籍散落庭院。其装帧精致者均不见，此书金字绒面，更难幸脱，从此不知落于何人之手。余不相信身为汉奸者，能领略此书之内容，恐遭裂毁矣。其余书籍，有家人用以烧饭者，有换取熟肉、挂面者，土改时遂全部散失。余奔走四方，亦无暇顾念及此。

一九四九年冬季进天津，同事杨君管接收，一日同湘洲造彼，见书架上插此书两册。我等从解放区来，对此书皆知爱慕而苦于不可得。湘洲笑顾我曰：还不拿走一本！我遂抽出一本较旧者，杨君笑置之。即为此册。

后，余书增多，亦不甚注意。且革命不断，批判及于译者，此书已久为人所忘，青年人或已不知此曾赫赫之书名。世事之变化无常，于书亦然乎？

昨晚检出修治，偶见文中有"过时的人物"字样，深有所感。

青年时唯恐不及时努力，谓之曰"要赶上时代"，谓之曰"要推动时代的车轮"。车在前进，有执鞭者，有服役者，有乘客，有坠车伤毙者，有中途下车者，有终达目的地者。遭遇不同，然时代仍奋进不已。

回忆在同口教书时，小镇危楼，夜晚，校内寂无一人。萤萤灯光之下：一板床，床下一柳条箱。余据一破桌，摊书苦读，每至深夜，精神奋发，若有可为。

至此已三十九年矣。

今日用皮纸粘连此书前后破裂处，并糊补封套如衲衣，亦不觉夜深。当初购置此书之人，尚在人间乎？

一九七四年十二月二十九日记

《藕香零拾丛书》第六册①

梦中屡迷还乡路，愈知晚途念桑梓。

增评补图《石头记》下册②

余好买零散书籍于小摊，非定是吝惜小费，自幼养成习惯耳。常为小贩欺谩，价钱反较买新而成套者为昂。即如此《石头记》，原在墙子河③边地摊上买得上册一本，后在劝业场楼上见下册，以为可以配全。小贩知是配书，当场涂改定价，竟多付一元与他。归

---

① ② 这两则未注明写作日期，故仍按最初发表时列于一九七四年末尾。
③ 天津市这一条河，上世纪七十年代填平，下修地铁。

后方知，前所买者为万有文库合订本，与此册页码并不衔接，仍是残书。今上册已送人，值此书籍困难之时，为之装点，并记经过如上。

一九七五年

全宋词（一）唐圭璋 编

共五册。此集为余残存书中最清洁完整者。

一九七五年一月四日装

全宋词（二）唐圭璋 编

一月十六日，伊早起外出，中午未回，晚八时归。余询问，伊出言不逊，而声音颇怪。余大愤怒，立请邻居李君①至。彼为余之行政组长及支部书记。余甚激动，声明离异，所言多伤感情，彻夜未眠，念念要

---

① 李君，李夫，原任《天津日报》编辑，后创办《今晚报》，曾任社长、总编辑。

下决心。而此等事，决心实甚难，晚年处此，实非幸也。

全宋词（三）唐圭璋 编

人知珍惜自身名声，即知珍惜他人感情，亦能知珍惜万物。然亦不必尽如此。

一九七五年一月十八日

敦煌古籍叙录

一九七五年一月二十一日上午装，室外飞雪。

版本通义

昨日大雪，今晨小散来约午饭。余持杖行，马路结冰，行人车辆皆兢兢，而儿童在中间纷乱滑行，或遇小学生持铲破冰，交通益阻塞。余谨步慢行，一小时始至梁家。所陪客皆一九三八年所识，抚今思昔，不胜感慨。归来时，天晴冰化，一路泥水，然往返无失，又证年轻时走步锻炼之有素矣。下午检此书翻阅。

一九七五年一月二十四日晚记

毛诗注疏（国学基本丛书）

商务印书馆对传播中外文化，甚有功绩。所印书讲求质量，不惜小费。此丛书系普通版本，然与其他书店所印相较，则其字清，其行稀，纸张格式，优点显然。盖当时主持者有通人，非专计谋利者比。中华书局当时虽极力抗衡，然以其所出版书对比，缺点自露。其他小书店，更无论矣。三十年代小书店，传播革命文化有功。

书局各有特点：开明颇惜纸张，字总小一号。北新印书除鲁迅作品外，流传甚少，但纸张格式大方。神州国光社形左实右，所存只有古董，水沫毛边好纸，印象颇深。真美善书店，只记得曾氏父子名字。生活书店①印品浩瀚，有益当时，然今日在我案头，

---

① 开明、北新、神州国光社、真美善书店、生活书店，皆上世纪三十年代的出版社；开明书店仍在，生活书店与读书、新知合并为三联书店，其他皆不存在。

无一册。所藏仍以商务印本为多也。古籍读本，商务最佳，其影印古书，前无古人，后无来者，更无论矣。

一九七五年一月二十五日上午装后随记

进城后，对此丛书，未多注意，然所得亦有数十种，颇便阅读保存，颇悔当时未搜罗全套。作为读本，今日再觅，则难如登天矣。

又记

癸巳类稿（清 俞正燮 著）

保真代买书皮纸两张，色质均劣，手指一划则脆裂。此盖装订油印材料之纸，非包书之牛皮纸也。今后应说明要包装纸，庶乎近焉！

一九七五年一月二十五日

诸子平议

此即清代之学术。学者竭毕生之力而为之。今日读之，昏然欲睡。余购此类书，不下数种，将长期废置矣。

一九七五年一月二十五日下午记

钦定元王恽承华事略补图

余购置旧籍，最初按照《鲁迅日记》中之书账，按图索骥，颇为谨慎。后遂泛滥，漫无系统。鲁记中有此书名，然无补图字样，不知究系此本否。今已忘记此书来处，定价颇昂，似钦定原本，内府所出，纸墨甚佳。至于补图，余以外行，不能领略其妙处。看列表诸馆臣名，已系清之末年。国事日非，空存形式，敷文偃武，均成点缀耳。

一九七五年一月二十七日下午装讫记

夷坚志

书之遇,亦如人之遇。书在我室,适我无事,珍惜如掌上明珠,然此一时之遇也。一出我室,命运便难以设想。即在同一人手下,心情有变,亦会捆而售之收破烂者。然即此亦一时之遇也。

一九七五年一月二十八日上午装讫记

唐阙史·萍洲可谈

两本小书,纸张年久颇脆,又经多次捆拆,四周破裂。余东补西补,几成百衲。而将两种合装为一册。后之得览是集者,定以余之动作,为不可理解之怪癖。

一九七五年一月二十八日上午晴窗下记

能改斋漫录 上册 ①

余得此类小书数种。商务于抗日期间，印于长沙者。纸张颇劣。不知此等书籍，何补于抗战？时余方在敌后，刻写蜡纸，油印小报刊，以动员群众。当时文献，少有存者。今颇惜旧书，时为修补装订。噫！余老矣。

一九七五年一月二十八日上午记

能改斋漫录 下

前数日忽想购书。昨晚淮舟送来，颇残破，并谈及今日需书之多，购书之难。余环顾残籍，愈感难能可贵，珍惜之念倍增。

---

① 手迹本，《能改斋漫录》分上、下，发表时稍有改动。

初刻拍案惊奇（明 凌濛初 上）

此小说也，而未失，图章之力乎？此所谓：自我失之，自我得之矣。而留于家者，如《三国》，如《红楼》，如《水浒》，如许多外国小说，皆为子女辈散失、被抄去者，反得璧返。此又所谓塞翁失马也。天下事岂其然乎？

纵耕藏

一九七五年一月卅日装

初刻拍案惊奇（明 凌濛初 下）

余藏书之出也，最初加封条，后移书于后室，有人打包。后来穿白大褂者数人，用卡车运走。据说转移数处，颇费精神。一管事者为歌舞美人，近曾叫冉君传话，要我请客，为代我保护《三希堂帖》有功也。如能宴此嘉宾，斯亦奇遇，可列入初刻也。

一九七五年一月三十一日

二刻拍案惊奇

被抄文物,书籍字画,磁器文具,各有所司。书籍损失多,字画无失而污染,器皿保存甚好,毫无损伤。每件腹下,贴有小签,详列物件名色。此亦视执事者之人品,至于顺手牵羊,乘火打劫者,可不论矣。

此人情小说也。余昧于社会人情,吃苦甚多,晚年读此,不知有所补益否?

一九七五年一月三十一日下午

聊斋志异 中

此奇作也,而蒋瑞藻作《小说考证》,斥之为千篇一律,不愿再读。余则百读不厌。蒋氏所指,盖为所描写男女间之爱情,以及女子之可爱处。如此两端,在人世间即如此,有关小说,虽千奇百态,仍归于千篇一律。蒋氏作考证,用力甚勤,而于文学创作,识见如此之低，何耶？

一九七五年二月一日下午偶记

附记：此次再检《小说考证》，不见蒋氏此说。忘其出处，或余误记。

蒲松龄集 上

文绝一体，艺专一技。天才孤诣，况凡夫之庸疏乎！蒲氏绝其才力于一书，所遗于人者，已号洋洋矣。而人犹妄求其他，冀有所发见，亦人情之常也。夫参天者多独木，称岳者无双峰。昼夜经营，精极一体，其他诗文，只能看作是成此大功之准备。读其杂著，而有才尽之憾者，其商贩之见乎？

花好月圆，流年似水，亦此理也。

一九七五年二月三日睡起记

蒲氏困于场屋，而得成志异大业，诚中国文学之大幸也。又以身居农村，与群众接近，所为杂著，亦具风采，惜此集未收其家政内外等篇也。

一九七五年二月三日下午，院内小孩，争放炮竹。

二月四日下午，余午睡，有人留柬夹门缝而去，亦聊斋之小狐也。

是日晚七时三十五分，余读此书年谱，忽门响如有人推摇者，持眼镜出视，乃知为地震。以前未有如此剧烈者。

小说考证（上 蒋瑞藻 编）

一九七五年二月五日中午，装书避嚣。

纵耕堂

小说考证（下 蒋瑞藻 编）

一九七五年二月五日中午，装书避嚣。

纵耕堂

小说枝谈

余中午既装《小说考证》竟，苦未得皮纸为此书裹装。适市委宣传部春节慰问病号，携水果一包，余亟倾水果，裁纸袋装之。呜呼，包书成癖，此魔怔也。又惜小费，竟拾小贩之遗，甚可笑也。

一九七五年二月五日晚记

本草纲目

此科学大著作也。认真从事，坚持不懈，惨淡经营，并有识见才力。虽荆棘荒芜之境，亦可开辟为通途大道。余近装聊斋集，已有此感，而于李氏之医学，感尤深焉。

此废纸原已捆线装书，余以旧报易下包此册，所谓拆东墙补西壁也。此事何益于人生，而经营不已，颇自怪也。

余修书以排遣烦恼，而根源不除，烦恼将长期纠缠于我身。

一九七五年二月六日晚记

全宋词（四　唐圭璋　编）

王林评我：多思而寡断。此余之大病也，一生痛苦，半由人事，半由劣根，思之自恨不已。今年春节恐难平度也。

一九七五年二月七日中午记

全宋词（五　唐圭璋　编）

一九七五年二月九日，五册包毕。

植物名实图考

余先得长编，后于旧书肆，补购此本，书甚新而价少减，今并装之。

一九七五年二月八日

植物名实图考长编

张赠厚皮纸半张，余选择藏书中之形体伟岸者，为之装潢，此书入选。

一九七五年二月八日晚

西湖游览志

余于二月十四日，到报社上班。今日上午为人改通讯稿一篇。下午粘废纸为此书包装。上午外孙来，又为我买好烟五包，并帮家人和煤泥。小孩安稳寡言，颇有礼性，老年见此，心甚怡悦。

一九七五年二月十六日晚记

东城杂记（清 厉鹗 著）

孙犁装

一九七五年二月二十日午饭后，雨水节后一日

龚自珍全集（上）

昨夜梦中惊呼，彻夜不安。

一九七五年二月二十二日

录 鬼 簿（元 钟嗣成 撰）

《录鬼簿续编》《太和正音谱》《曲品》《传奇品》

纵耕书室
一九七五年三月一日

北 游 录

一九七五年三月五日晚装。传言七日将地震，家

人为余相度避身之地：一床下，一书桌下。床下必平躺，桌下必抱膝。一生经历，只此一着，尚未品尝也。

大唐三藏取经诗话

今日下午，搜罗皮纸，包装小说数种。纸小则并贴之，纸污则擦净之。

一九七五年三月六日灯下

扬州画舫录

邻居送信，今晚将有地震。

一九七五年三月七日

琉璃厂小志

一九七五年三月八日装。余尚有此人所著《贩书偶记》，书发还后，以污损太甚，即于办公室送达生，[1]

---

[1] 达生，原名生寿凯，原《天津日报》文艺部编辑；后为《今晚报》副刊编辑。

恐彼无所用之也。

天府广记

一九七五年三月八日。昨晚传言地震，家人大为预防，镜框油瓶布满地下，余脱衣而睡，既晓无事，继理此业。

京师坊巷志稿

一九七五年三月十一日，灯下装。时只闻壶水沸声，其他情景，不可知也。

明 宫 史

余有海山仙馆本《酌中志》。

一九七五年三月十一日灯下

晏子春秋集释（上）①

晨发一信。

从摄影同志索来旧封套数枚，用装书册。

双芙蓉馆藏书记

一九七五年三月二十日

明清笔记谈丛 （谢国桢 编著）

再向马英②索摄影封套六枚，用以裹书。

双芙蓉馆藏书记

一九七五年三月十二日

---

① 这一则书目下未注明写作日期，故仍按最初发表时，列于此。
② 马英，天津日报社摄影部记者。

茶余客话（上 清 阮葵生 著）

昨晚新纠纷起，余甚惑。

双芙蓉馆藏书记
一九七五年三月十三日

七修类稿（上 明 朗瑛 著）

近日情状，颇似一篇聊斋故事。

双芙蓉馆藏书记
一九七五年三月十三日

藏书纪事诗

一九五九年春，余从青岛转太湖疗养，遇组织善卷洞之游，过宜兴遇雨，同游者多选购小品陶器。余至书店，购得此书。辗转多年，今仍伴我。为之包装，聊抒旧侣之谊。

一九七五年三月十四日

现存元人杂剧书录

一九七五年三月十七日灯下。有晚离不如早离之想。

宋词三百首笺注

（上彊村民 重编 唐圭璋 笺注）

一九七五年三月十七日，时一封书信之纠纷尚未息，余自警勿再受骗上当，以小失大。

纵耕堂装于好善闇人之室

玉台新咏

毋先天成，毋非时而荣。先天成则毁，非时而荣

则不果。(古帛书)

一九七五年三月十九日下午

明清笑话四种

戴角者无上齿。同上。

古文观止　上

天制寒暑，地制高下，人制取予。内事不知不得言外，细事不察不得言大。

好善闇人装于纵耕室
一九七五年三月十九日

古文观止（吴调侯　吴楚材　选）

故巢居者察风，穴处者知雨，忧存故也。

双芙蓉馆

列　子

实谷不华，至言不饰，至乐不笑。

一九七五年三月十九日下午，
好善闇人装于双芙蓉馆

列朝诗集小传（上　清　钱谦益）

梦露草堂藏书
一九七五年三月廿四日灯下

弢园文录外编

此包装废纸，余喜其厚重，而效果实不佳，色太劣耳。

一九七五年三月二十六日灯下

弢园尺牍

整日烦躁，晚尤甚，而艾文会①来。告以病，不去。伺余用饭毕，此公之故态也。

一九七五年三月二十六日灯下

附记：此实文会对我之关心。文会已作古。② 求实心、热心帮人如彼者，今已难矣。余好烦，得罪好朋友，而文会不以为意，甚可念也。文会晚境寂寞，思之黯然。

续藏书

张为购此纸，变花样，实不雅观。

---

① 艾文会，原名李更生、李永增，作家，曾任天津作协秘书长。
② 艾文会1984年去世。此"附记"当写于艾去世后，另有一文怀念他。

近日，余在书皮上乱书之堂号、斋名有：晚秀庐、双芙蓉馆、晚娱书屋、娱老书室、梦露草堂等等。均属附会风雅，百无聊赖之举动。

一九七五年三月二十七日

诗人玉屑（上 魏庆之 编）

娱老书室装

一九七五年三月廿八日

诗人玉屑（下 魏庆之 编）

娱老书室装

一九七五年三月廿八日

章氏遗书第一册

一九七五年三月二十九日灯下。大风竟日，上午王林[①]托人送玉树一株，置之窗台而去。

---

① 王林，作家，孙犁的老战友，曾协助他编辑《冀中一日》。

河海昆仑录

不知何由购此书,当时盖以为古籍也。之琎①去新疆,屡欲送之亦未果。今经变动,仍在手头,且颇整洁,念系故旧,仍为装新。

一九七五年三月三十日

"今日文化"②

这是和平环境,这是各色人等,自然就有排挤竞争。人事纷纭,毁誉交至。红帽与黑帽齐飞,赞歌与咒骂迭唱。严霜所加,百花凋零;网罗所向,群鸟声噤。避祸尚恐不及,谁肯自投陷阱?遂至文坛荒芜,成了真正无声的中国。他们把持的文艺,已经不是为工农兵服务,是为少数野心家的政治赌博服务。戏剧只有样板,诗歌专会吹牛,绘图人体变形,歌曲胡叫

---

① 李之琎,孙犁的老战友。
② 作者拟的小标题,写于《河海昆仑录》的书衣上。

乱喊。书店无书，售货员袖手睡去。青年无书，大好年光虚度。出版的东西，没人愿看。家家架上无自购之书，唯有机关发放之本。转日破烂回收，重新返回纸厂。如此轮回，空劳人力。

一九七五年三月又记

郑板桥集

三月末，家来客，二位小姐。余心不靖，意态有烦。而张以为慢，遂强打精神应付之。今日下午，二客外出，乃裁纸包书，而心中甚不平。此病态也，余当戒之。

一九七五年四月二日

宣和画谱

余尚有书谱，在佟楼卖书时，误卖去下册，遂将上册送卞雪松君①，彼甚好书法也。

一九七五年四月二日下午

梨园按试乐府新声

送走二位女郎，正要清静，晚上小伙子又来探问，实令人烦。

一九七五年四月二日灯下

中国古代史

夏氏②此书，余于保定求学时，即于紫河套地摊购得二卷本。抗日战争中，已与其他书籍亡失。此册

---

① 卞雪松，扬州人，当代新安画派画家、书法家、诗人。中国书法家协会会员，沧浪书社社员，扬州市书协副主席，林散之关门弟子，著有《林散之先生书法指要》等书论多篇。
② 夏氏，夏曾佑，浙江杭州人，近代诗人、历史学家、学者，著有《中国历史教科书》等。

购于天津解放初，盖犹念念不忘也。今幸存，乃为之装束。

一九七五年四月三日晚无事灯下书

观堂集林

此余六十岁以后所装书籍也。每日从办公室索信件封皮，携归剪裁粘连，视纸之大小，抽书装裹之。书橱之内，五颜六色，如租书之肆，气象暗淡，反不如原来漂亮，而余乐此尚未疲也。

一九七五年四月七日

许庼学林

一九七五年四月七日灯下。其来也不意，其去也不解，如花如露，如影如幻。晚年脆弱，非幸遇也。

唐代长安与西域文明

一九七五年四月八日上午。粘连破纸,窗外春光,映射桌案,追怀近事,心实感之。

书目答问

书目书,既为执事者所据有,此本不引彼目所注意,而得存留。装而新之,聊胜于一本无有也。

一九七五年四月九日下午秀露书屋装讫记

铁木前传

此四万五千字小书,余既以写至末章,得大病。后十年,又以此书,几至丧生。则此书于余,不祥之甚矣。然近年又以此书不存,颇思得之。春节时,见到林呐同志①,嘱其于出版社书库中,代为寻觅。昨

---

① 林呐,百花文艺出版社原社长。

日，林以此本交人带来，附函喻之以久别之游子云："当他突然返回家乡时，虽属满面灰尘，周身疮痍，也不会遭遇嫌弃的吧？"盖所找到之书，因弃掷过久，脏而且破，几与垃圾同朽矣。

呜呼，书耳，虽属上层建筑，实无知之物。遭际于彼，并无喜怒。但能反射影响于作者，而作者非谓无知无情。世代多士，恋恋于斯，亦可哀矣。

一九七五年四月十二日耕堂识

营造法式①（一 宋 李诫 撰）

一九七五年四月十四日，余晨起扫除昨日李家冲刷下之煤灰，不断弯腰，直立时忽觉晕眩，脚下绵软。上班后，小路劝到医务室。心脏主动脉第二音亢进，为血管硬化之征。吴大夫给药。

纵耕书屋装

---

① 手迹本，《营造法式》分一，二，发表时合二为一，文字未改动。

营造法式（二 宋 李诫 撰）

忆明日为亡妻忌日，泉壤永隔，已五年矣。余衰病如此，不堪回首之思矣。

纵耕书屋装
一九七五年四月十四日

野史无文（郑达 辑）

此本括有：《崇祯遗录》《劫灰录》《也是录》《北征纪略》。

一九七五年四月十七日灯下

小腆纪年（上）

近日涉猎南明野史，并抄目录，以知重复，因及此书。

善闇书室藏
一九七五年四月十八日

小腆纪年(下)

余中学同学张砚方,雄县人,买书后即包装之。今余效之,此人不知在何处。

善闇书室藏
一九七五年四月十八日

孙膑兵法(银雀山汉墓竹简)

晚娱书屋藏,陈乔①寄赠。
一九七五年四月二十二日装

通鉴胡注表微(陈垣 著)

陈君亦以著书自见者。

瓶斋所藏
一九七五年四月二十四日

---

① 陈乔,孙犁的老朋友,原中国历史博物馆副馆长。

西域之佛教

昨夜梦见有人登报,关心我和我之工作,感动痛哭,乃醒,眼泪立干。

一九七五年四月二十七日晚记

忠王李秀成自传原稿笺证(增订本 罗尔纲 著)

李秀成临死前,明明乞怜于敌,此不只见于本文,且见于敌人之记载。而编者百般为其辩解,甚矣,非史学家实事求是之态度也。

善闇书屋装
一九七五年四月二十八日

越缦堂读书记

此本购于北京国子监。其时,新整理之本已出,余不知也。后乃购得,遂成重本,然喜此本之纸张,故两存之。

一九七五年四月二十八日灯下记

屠格涅夫回忆录

用苏州古籍书店寄书纸装。揉折污涂，经历可想。

一九七五年四月三十日下午

海日楼札丛

一九七五年四月。晚年多病，当谨言慎行，以免懊悔。余感情用事，易冲动，不明后果，当切戒之。

卷庵书跋

一九七五年五月十二日。时同院青年在廊下合唱小曲。此辈时光如此度过，颇甚得也。

唐代文献丛考（万斯年 辑译）

两月前云散雪消，不知风日从何处起也。

善闇装

一九七五年五月十三日

小 约 翰

此鲁迅先生译文之原刊本。我青年时期，对先生著作，热烈追求，然此书一直未读。不认真用功，此又一证。此本得之天祥市场，似李君家物。大概转多手而致污损，非经多人热心阅读也。前借给同院一青年，以无兴趣而归还。先生当时，如此热爱这本书，必有道理。今日为之装新，并思于衰老之年，阅读一遍，以期再现童心，并进入童话世界。

一九七五年五月十四日下午记

西 游 补（董说 撰）

今日上班，路遇小金，脸色苍白。盖所居之屋及工作之处，均终日不见阳光，反不如在庭院劳动时之健康。此人因文字语言，青春"犯过"。

一九七五年五月十五日

《全唐诗》第十一册

晚娱书屋一九七五年五月十六日装。

阴历四月初六也，为余生日，与小女共食面。年六十三岁，身德不修，遭逢如此，聊装旧籍，以遣心怀。

古今谭概（一 冯梦龙 纂）

此书开卷，谈决裂耽误之因，使余两月来大惑不解之迷，顿然觉悟。所有过失，皆因迂与怯耳。

善闇藏书

一九七五年五月十六日

古今谭概（二 冯梦龙 纂）

善闇藏书
一九七五年五月十六日

欧阳永叔集

欧阳公可谓善为文者矣。观其晚年，尚在修改文稿，为身后百世读者着想，深为感动。为文者，当如是乎！然如此严正认真者甚少，故世上流传之佳作亦甚少。今日印刷进步，每日文字满街，当日无读者，况百世乎。

一九七五年五月十七日上午雨后半晴

国 语（国学基本丛书本）

此收购自小白楼[①]新华书店。营业员不代顾客取

---

① 小白楼，原属英国租界地。天津市大沽北路，徐州道、开封道、曲阜道一带比较繁华的地方。

书，只是监视顾客偷书。并以便利顾客为名，遂使书店变为阅览室。所到图书，无不狼藉，虽贵重典籍亦然，毫不珍惜。顾客招呼代取书，反不耐烦，甚至出语不逊，与菜市肉店无异。然购书者甚少，书店多设于闹市，行人顺便游览者多。如有小人书年画之类，则顽童打闹，地下滚爬，顾客步行艰难，无法检书，只好退出。此书店风景之大略也。然此系十多年前情景。今日当大不同，闻书店门前，可罗雀矣。

　　一九七五年五月十七日雨后。此书在该书店
　　　　小学课本柜中，余检出购之。

六朝墓志菁英二编（罗振玉 印本）

余幼年未认真习字，及至壮年，文字为活，虽有时以字体不佳为惭，偶尔练习，不能持久。购进字帖多种，即兴临摹，终无进步，然阅览稍多，乃知余字之最大缺点为不端正。近日书写，力求形体端正，不及他务。老年能写端正字，虽儿童之应有，但积习难改，仍当随时观览字帖，藉牢记字之结构状态也。

一九七五年五月二十日

唐写本《世说新书》(罗振玉 印本)

此本亦得自天祥,后新印《世说新语》,作为附录,余并购之。然纸墨印刷,远逊于此。罗氏印书,定价昂贵,然对于翻印古籍,颇为内行,所印书籍,精益求精,真所谓一分钱一分货者也。流传千百年,纸墨将不败损。此虽系残卷,除读书外,尚可临字,花钱不多,一举二得。

一九七五年五月二十日晚

金冬心书画小记

此两角钱小书,裹于群籍之内,遭逢非常,在外播迁,数易仓库,拆捆数次,地掷车触,独能完整,并免污损。此何故欤? 一以其体微而薄,得不触硬利;

二以其偏僻，不为流俗所注目。故能全其体，保其洁也。其价虽廉，然能随时展玩，主人颇从受益，乐在其中，实友朋之故交，艺苑之小品也。

一九七五年五月二十三日下午

六朝墓志菁英（罗振玉 印本）

余业此既厌且疲矣，然无他事可做。小本书既利用旧封套包装近毕，今日乃及此书。昨晚乱梦，晨五时半起，沿多伦道向海河方向行，过嫩江路再一横路，折而右行，至鞍山道口。门牌鲜明，门户未启，仰视楼上，窗帘花丽。主人未醒，往返徘徊。至家，共历一小时。

一九七五年五月二十七日

湖海诗传

一九七五年五月二十九日灯下。人之相逢，如萍与水。水流萍滞,遂失其侣。水不念萍,萍徒生悲。一动一静,苦乐不同。

元 文 类(下 苏天爵 编)

一人在室,高烛并肩,庭院无声,挂钟声朗,伏案修书,任其遐想。

善闇装
一九七五年五月二十九日灯下

乐府诗集①(一 宋郭茂倩 辑)

余阅各书前之出版说明,多文字繁赘,不能简明,读之为苦,不知为何等人所拟稿也。

善闇装
一九七五年五月廿九日

---

① 手迹本,《乐府诗集》分一、二、三、四,共四册,发表时仅有一、二两册。

乐府诗集（二 郭茂倩 编）

昨夜忽拟自订年谱，然又怯于回忆往事。不能展望未来，不能抒写现实，不能追思过去。如此，则真不能执笔为文矣。

善闇

一九七五年五月三十一日

乐府诗集（三 郭茂倩 编）

善闇藏

一九七五年五月卅一日装

乐府诗集（四 郭茂倩 辑）

年岁有加，此业不能已也。

一九七五年五月廿九日装

七种《后汉书》

十四日晚，余已睡下。因事激动。及起身小解，全身寒战不已，过去无此现象也。时时有伤身之忧，而又不能断然处置，后患正无穷也。

一九七五年五月

曲海总目提要

昨日清理旧存原稿，凡有排样者，一律弃之。过去存这些烂纸，并委托淮舟保存，不知是何想法也。甚可笑。此封套，系淮舟保存稿件所用。

人恒喜他人吹捧，然如每日每时，有人轮流吹捧之，吹捧之词调，越来越高，就会使自己失去良知，会做出可笑甚至危险的事来。败时，吹捧者一笑散去，如小孩吹气球然。炮仗之燃放，亦同此理。

一九七五年六月七日

建炎以来系年要录

昨晚台上坐,闻树上鸟声甚美。起而觅之,仰望甚久。引来儿童,遂踊跃以弹弓射之。鸟不知远引,中二弹落地,伤头及腹。乃一虎皮鹦哥,甚可伤惜。此必人家所养逸出者。只嫌笼中天地小,不知外界有弹弓。鸟以声亡,虽不死我手,亦甚不怡。

一九七五年六月十三日

续资治通鉴(第二册 宋纪)

十一日波澜。

存华堂

一九七五年六月十三日

石涛画语录

第一字误书,前此未有也。

一九七五年六月二十二日

泰戈尔作品集

久不弄此。中间事烦、病扰、休假、无纸,此业遂停。今日同人来谈,余问有封套否? 中午遂有人携大捆来,闲人乃大忙。

一九七五年七月九日幻华室装

印度两大史诗

（腊玛延那玛 哈帕腊达 孙明 译）

此书不记是买是送。书籍曾转蓬于秋野,所触甚多,而此书得保完整,以其不为人所知也。两诗名称,即很难念难记,况又为白话诗体。无怪人对它不理,又以主人不重视之，时常零散孤处。今日纸多，遂得并钉新装。

存华堂

一九七五年七月十一日

太平天国史料丛编简辑

一九七五年七月三十日下午，大雨成灾，庭院如潭，家人困处，我自包书。（第二册）

大雨屋漏，庭院积水，一片汪洋。（第四册）

积水未撤，屋漏，滴水未止。（第六册）

瀛涯胜览校注（冯承均 校注）

所养金鱼产卵，检花镜及此。

存华堂

一九七五年八月三日

庄子集解

喜怒哀乐,不入于胸次。

一九七五年八月六日

戴东原集

连日大热,今日上班,从纸篓中,收得此纸。

一九七五年八月十八日

四库未收书目提要

《四库全书总目提要》,为人盗去,此书独存,为之包装,慨然。

一九七五年八月十八日,大风一阵,暴雨数点,稍凉爽。

为书籍的一生[1]

一九七五年八月二十六日下午。今日面部浮肿,并觉不适。午睡起,抽屉内有余纸,遂为此册包装。此书系林间[2]同志介绍所购,以其版本特殊;时常独处,人亦对其不感兴趣,故得存留至今,且颇完整也。

昨日从办公室抱回茄子五枚,小黄瓜二条,用八张报纸裹之,尚恐街头出丑。两手托护之,至家累极。

太平御览(一)[3]

天 皇亲 时序 州郡 地 居处

皇王封建 偏霸

美术摄影组从日本购照相机三部,货到开箱,马

---

[1] 俄国出版家绥青的自传。
[2] 林间,1949年初,与孙犁一同从胜芳进入刚解放的天津市,创办《天津日报》,任通讯部采访科科长,后曾任副总编辑。
[3] 发表时,仅有《太平御览一》,二、三、四皆据拍摄的图片补充之。

英同志为收取包装纸送我，并云：今日发矣！吾谓大有收获也。卷而携归，为此书作外衣。

一九七五年八月二十七日存善堂

太平御览（二）

职官兵　人事上

太平御览（三）

人事下　文道
逸民学　仪式
宗亲　治道　服章
礼仪　刑法　服用
乐释　方术

太平御览（四）

疾病　奉使　饮食

工艺　四夷　火　羽……

器物　珍宝……

杂物　布帛……

舟　资产……

车　百谷　妖异……

杜勃洛夫斯基

初读此作在《译文》，甘之如蜜，珍之如璧。旧书已沦劫灰，此情亦如逝水。进城后购得此本，普氏[①]著作，仅存一种。

一九七五年八月二十九日

三　唱　集

重装于一九七五年九月八日晚，再为此册题字，不禁泫然。

---

① 普氏：俄国诗人普希金。

我的字写得多难看！可是当时千里①一定叫我写，我也竟写了。千里重友情，虽知我的字不好，还是要我写。

一九七三年四月十三日晚，灯下题字摘要：

此系远的诗集，他在抗日期间，还写些歌词。书面题字是我写的。今天整理残书，去其污染，粘其破裂，装以薄纸，题记数语。

余于友朋，情分甚薄。无金兰之契结，无酒食之征逐，无肝胆之言语，无密昵之过从。因之无深交，多不详其家世、学历、年龄。

他是二十年代书生模样，文质彬彬，风度很好，对我关心。数十年来，相与之间，无言语之龃龉，无道义之遗憾。

他写的诗，明白畅晓，我所喜爱。

人之一生，欢乐痛苦，随身逝而消息全亡。虽父母妻子，亦只能讲述其断片。此后，或有说者，或无听者；或念者少而忘者多。或知者不言，或言者不知。其见证较久远者，其为遗书。能引起我对远的全部回忆的，就是他这本诗集了。故珍重记述如上，以备身体较好，能有较详细的关于他的记述。

---

① 千里，远千里，孙犁老战友，河北省委宣传部部长，"文革"时期受迫害致死。

鲁迅致增田涉书简

黄秋耘①寄赠。《鲁迅书简补遗》一书,余未购得,金镜②生前,曾托其代觅一册,秋耘或忆及此而寄赠,不可定也。金镜已作古,音容渺茫,不得再见矣,掷笔黯然。

一九七五年九月十一日

吴越春秋

一九七五年九月十三日。此书羽时曾借用,后郑重归还,今不得见其人矣。

郑堂读书记③(一 周中孚 撰)

卷一—卷九 经部

---

① 黄秋耘,著名散文家、文艺评论家。
② 侯金镜,文艺评论家。
③ 手迹本《郑堂读书记》共八册,前六册仅写了书名、卷数和书中分类,无其他内容;唯第七、八册,写了两则文字。

孝经类　五经总义类　礼类　乐类　诗类　书类

　　　　　　　　　　　　　存华堂装
　　　　　　　　　　一九七五年九月二十日

郑堂读书记（二）

卷十一—卷十六　经部　史部
春秋类　四书类　小学类　正史类　编年类

　　　　　　　　　　　　　存华堂装
　　　　　　　　　　一九七五年九月廿一日

郑堂读书记（三）

卷十七—卷二十八　史部
纪事本末类　别史类　杂史类　诏令类
奏议类　传记类
史钞类　载记类　时令类　职官类

　　　　　　　　　　　　　存华堂装
　　　　　　　　　　一九七五年九月二十一日

郑堂读书记 （四）

卷二十九至三十八　史部
政事类　政书类　律书类　目录类　史评类　子部　儒家类　兵家类

存华堂装

一九七五年九月二十一日

郑堂读书记 （五）

卷三十九—四十七　子部
法家类　农家类　医家类　天文算法类　术数类

郑堂读书记 （六）

卷四十八—五十五　子部
艺术类　谱录类　杂家类

郑堂读书记 （七）

卷五十六—六十三　子部

杂家类　类书类　小说家类

今日所闻：周沱①昨日逝世，才女而命薄者也。行政科为半间房在佟楼新闻里打人，致一青年名三马②者当场服毒而死。

存华堂装

一九七五年九月二十二日

郑堂读书记 （八）

卷六十四—卷七十一　子部　集部

小说家类　释家类　道家类　别集类

水不能入口，并不能浇花。幸院中有一水井，取

---

① 周沱，1949年初，与孙犁一同从胜芳进入天津市，创办《天津日报》，为新闻记者。
② 见《芸斋小说》《三马》一篇。

水澄清而饮之。

存华堂装

一九七五年九月二十二日

扈从东巡日录

向阳院①号召修路，张出差。近日院中大兴土木，徭役恐从此繁重。洋灰走私户，较用于公益者为多。

此书原拟处理，近日无事，取出洁整以消遣。心情烦躁，人谓与饮污水有关。密云给水，黄河引水，不知何日到津？昨晚金池②送来深井水五十斤，于是盆罐皆满。天津九河下游，今海河竟露底矣。

好事之徒，终日汲汲于损公济私之事，庭院甚乱，遇假日当退避后室。然周围无一处安静，嘈杂如下处。此晚景之最难堪者。

一九七五年九月二十八日

---

① 向阳院，即孙犁长期住的天津市多伦道216号大院。
② 金池，张金池，《天津日报》文艺部编辑。

棠阴比事

进城后，狃于旧习，别无所好，有暇即奔跑于南市、北大关等处。逛书摊于冷巷，时有所得。环境幽静，往返走路，于身体亦有益。唯于天祥市场购书，则甚不卫生。市场为藏污纳垢之处，所设书籍，破损尘封，索价无边。购回需曝之日中，刷之擦之，粘之连之，污手染肺，甚有害也。一次余整理旧书，有细物吸入气管，不适数日，当以为戒矣。而乐此不疲，忽忽已老，亦可伤也。

此书购于天祥，主人抛置于货柜之最下层，无人过问，已有年矣。余闻此书名，而不得善本，遂购归焉。原藏书人似银行职员，观其钞补遗漏，亦好书者。

一九七五年九月三十日

封氏闻见记（雅雨堂原刊本）

此书得之于北大关①冷巷中。一中年人，貌甚不

---

① 北大关，天津旧城之北门外，为最早、最繁华的商业地区之一，今已改建，不复存在。

扬，陈书于地下，背墙而坐，潦倒殊甚。人无他技以求生活，几近于乞者矣。余之庸碌，本与彼等，今幸能优游闾巷，观书地摊，则遭逢一时之不同耳。今天津无此冷清之地，亦无此冷清之人矣。

今日国庆，庭院如市，街上人如潮涌，家人外出，小女儿及其夫婿来望，令彼等自做饭，余仍整此旧籍，念冷巷书友，下场不知，公私合营后，未见其面也。

一九七五年

搜神后记（明刊抄配本）

天津解放之初，旧物充斥，有所谓早市者，尤为可观。间有书籍，然外行人亦难以廉价得善本。此本散置地下，无人过问，余以一角钱得之，小贩已喜过望。多年来并未遗失。今晨家人索观明版书，乃取出示之，并为之易去黑色书线，修补数处，使之继续存于天壤之间。昨晚之琏来，为余幼年同学。发虽白，身体尚好。今日上午克明来，儿子儿妇及孙子孙女来吃饭之一顿，刷过碗筷，即归去。余静惯，愈不堪孩子们的烦闹。

一九七五年国庆节后一日

淳熙玉堂杂记

此汲古阁刊本也。存之藉知其刊书体式。

一九七五年十月二日

竹 人 录

此书似从苏州邮购所得。购书而及此偏僻之作，可谓滥无涯际矣。喜其印刷雅秀，故曾郑重修补而存之。前经大变，流离数载，归还斗室，堆压抛掷，幸未离失。今日展卷，虫蚀鼠齕之迹仍在，线连纸补之痕犹新。而当年伴我者，云亡已数载。余幸存于九死，徘徊于晚途，一灯之下，对此残编，只觉身游大雾四塞之野，魂飞惊涛骇浪之中。

一九七五年十月六日之夜

吴越备史

此本刻印纸地均甚佳,原藏者亦甚爱惜,近年流离,骨签内刺,幸未大伤。后有张海鹏跋,似据学津讨原重刻。

一九七五年十月十日

啸亭杂录

此余进城初期所购,大字本也。余好洁,凡有污染,均经挖补,实不必也。

一九七五年十月十日

《宋文鉴》第八册

薄薄小书,衣此厚装。尚忆堆放于佟楼地下,同伴上称论价于收购站之时乎?前此流离失所,抛掷仓库，可更不言。今后命运，亦不可卜。

一九七五年十月十二日

都门竹枝词

无聊小书，内有一九六六年题语。九年已过，我尚如斯。

一九七五年十月十八日灯下

戚序《石头记》①

一九五六年春，余至杭州旅行，路经上海，适遇古籍书店开张，购书数种，此书在内。归而大病，未得细看，又历非常，他书多失去，而此得存，盖以其貌甚不扬也。此系有正书局所印小字本，然亦罕见，今大字本已影印新出，非力所能致，对此乃倍加珍视

---

① 手迹本，将戚序《石头记》卷一、卷十二合并一起，文字未作改动。

而装修焉。

一九七五年十月二十一日灯下

余幼年初见《金玉缘》于屠户刘四家，此人后以吸毒落魄死①。即庙会出售之石印小字本也，纸色亦如此乌暗，字体则如眉批大小，颇伤目力。稍长赴外地求学，所见红楼版本多矣，然过去所购，亦只为大达书局之一折八扣本。中年以后，以文学为职业，文章讲授②，均曾涉及此书，残存尚有数种，然内容已多忘记，此学荒疏甚矣。

装讫记

斯坦因西域考古记

重装于一九七五年十月二十七日。原有包装，随

---

① 孙犁曾在散文《童年漫忆·第一个借给我〈红楼梦〉的人》中，对刘四的行状作过较详细的描述。内容有所出入。
② 在延安"鲁艺"时，孙犁曾讲授过《红楼梦》，另有论文两篇。

书历劫,已甚残破。此次利用厚纸重装,不忍除去,故甚臃肿。

竹书纪年(四部丛刊缩印本)

此等书籍,从上海函购,其价颇廉,字细小,亦非老年所易阅读。久久弃置荒僻之区,近以架上书皆换此等装束,遂亦并预此荣。

一九七五年十一月三日灯下

广群芳谱

此书堆于书肆案下,盖货底也。清光宣间,石印为新法,旧籍为之解放。石印佳者,目前列为珍本。此书固无足论,然印刷清楚,可略见当时石印技法。余所购石印笔记小说,全数送人,扫叶山房所出,书写多有名手,颇可恋惜。亦有贪利书坊,将原书缩印模糊，不便阅读者，在佟楼时一并处理矣。

     存华堂记于一九七五年十一月八日灯下

  余近年用废纸装书，报社同人广为搜罗，过去投于纸篓者，今皆塞我抽屉，每日上班，颇有所获。远近友朋，率知此好。前数日冉淮舟从文化局资料室收得破碎纸一捆送来，选裁用之，可供一月之消闲矣。

            九日晨又记

古今小说

  有一年不外出散步，今日午睡起，食柿子一枚，觉腿脚有力，仍到胜利路一带，车辆增多，污秽如故，择路而行，小心瓦砾。此种散步，不如闭户。

           一九七五年十一月十日

士礼居藏书题跋记

此等书，颇便消遣，学问不深，趣味甚浓，玩物者之记录，非考据家之著作也。余好聚书，遂亦好此类书，较之一般书目，可多知古书源流，然于今世，则为几将枯竭之支流，无人向此问津矣。

一九七五年十一月十二日灯下

粤东笔记

会文堂专印廉价书，其书能深入小县城①以至庙会，余幼时即识此堂名号。现存仅此一种，于纸墨印刷，并不讲求也。此书有人谓为屈大均作，不得详也。此书内有数卷卷首题《南越笔记》，则所据不知为何本矣。

一九七五年十一月十三日

---

① 小县城，指孙犁故乡，河北省安平县。

北齐张肃墓文物图录

大风寒甚,心躁如焚,不能外出,取此书再整装之。

一九七五年十一月十三日

此类书定价如此之昂,盖卖与外国人或公家资料室之品也。余以稿费,亦得收藏,实偶然也。人不由己,正所谓得小便宜吃大亏也。

同时又记,风仍不已。

从热爱现实到热爱文物,即旅行于阴阳界上,即行将入墓之征,而并一小石之志,不可得也。

再记

庸闲斋笔记

余既以大批石印笔记送人,时亦惋惜,以其代表一时期印刷史，书写亦多能手，可备观赏。赠与他人，他人以为泛泛，不知爱惜，尚不如弃之收购站，或再遇书癖也。此数种石印书，因夹于其他书捆中，随至旧居，得以暂存，并得披新装焉。

一九七五年十一月十三日下午

绥寇纪略

是书亦申报馆排印本，原读者不知为何种人，圈点不论，每本每页，详核字数，标记号码，系排字工人或刻书者书欤？书之装饰，书写字体，并老学究之不若，近于经商小贩所为。余得于市场，架上无他善本，污损若此，装而存之。

一九七五年十一月十四日灯下

丁戊稿

此满清遗老之著述,内有关于王国维材料数篇。

一九七五年十一月十六日上午,冬日透窗,
光明在案。裁纸装书,甚适。

炳烛里谈

此近于村学究之著作,然所记亦有可取。余从外地购书,有时只看目录,不知内容,胡乱购之。另有一种浅薄者已处理,此本刻印精良,并念人一生从事文字,晚年颇愿有一本书流传,此种心情,可理解也。人生何处不相逢,对作品亦然,故装而存之。

一九七五年十一月二十一日下午

小沧浪笔谈(上)

此大人物之著作也,装腔作势,为圣人天子立言。

此人名声，如此煊赫，以其所居官大也，余殊不见其诗与文之佳处。同为"文达"，其文笔不及纪晓岚远矣。

一九七五年十一月二十一日下午

茶香室丛钞（二）

昨日清晨，将所养小鸟释放，开笼释放。彼将奋翅飞去，不失方向，觅得山林同类乎；或将遭遇强暴，冻死中途乎，余不得而知矣。总之，彼已结束此一次罗网之祸，笼牢之悲苦矣。笼居，虽日有饮食，且免危难，彼固不愿也。同群之思，山林之想，无时不萦于怀。一旦自由，虽死不反顾。余知其必能归至旧巢，迎日光而鸣也。

保真去农场，用五角钱买得一山雀。捕鸟者谎之曰"美鸟"，能"出口"。保真请其选一善鸣者。而此鸟殊不能鸣，其声"吱吱"如鼠叫，性且不驯，抛费食粮，余故释之。

一九七五年十一月二十二日

大慈恩寺三藏法师传

此书购于冷巷,与余浮沉二十余年。此以前尚不知是何等经历也。

一九七五年十一月二十二日下午大风寒甚

艺舟双楫(并附录一则)[①]

自淮舟送残纸一卷来,包线装书将及百本,纸不用尽,则心不能安,觅书裁纸,不督自励,此习惯势力也。亦无计划,包否如抽签,今纸已尽,可止矣乎。

一九七五年十一月二十三日灯下

余尚有排印本,文字较多。

又记

---

① 附录一则,按时间顺序,已移前。

王荆公唐百家诗选

此书购于北大关冷巷中，早期购书之一。今日甚难见如此纸墨之书籍矣，有之亦非轻易所能致也。

一九七五年十一月

曲洧旧闻

近日为邻居在窗下盖小房生气，甚无谓也。然迫使余深思当前环境及将来可能遭遇。要之，应随时克制，慎之！

一九七五年十二月二日灯下

鸡肋编　庄季裕 ①

---

① "下午老李来"，发表时，列于《曲洧旧闻》之下，今据"手迹本"改正。老李，李克明，作家，百花文艺出版社编审。

蓼花洲闲录　高文虎

下午老李来，余包书与之谈话，老友不以为慢也。

朱文公文集

王佩娟代购报社处理牛皮纸一捆，三公斤。然近日心中不靖，并包书亦无意为之。昨日理出一小张，裁之为此书包裹，仍甚节约。其余大幅，留将来迁居时用。呜呼，荆棘满路，犬吠狼嗥，日暮孤行，只可披斩而进也。

一九七五年十二月十一日

楚文物展览图录

既得大纸，念及大书，今日包装图录两册。余对文物毫无知识，又不好参观实物展出，非学此之正途也。

一九七五年十二月十二日

清稗类钞(六)

上午至街散步,道途多阻,或因拖拉机成队停留,或因施工加篱栅,或因自行车厂令青年成队试新车于通路,或修剪树木堆枝于路中,或就马路筛灰和煤,晾被褥堆垃圾。百码之内,虽绕道数次,亦不得畅行,乃归。

一九七五年十二月十五日

清稗类钞(七)

昨日小宏来信,将去昆明,并要为我买烟茶及大理石镜面。此甥时时结记我,亦不负我襁负之劳矣。思之慨然。

清稗类钞(三十六)

余既于前夜哭骂出声,昨夜又梦辞职迁居等事。

而慷慨助我者，则为千里。千里平头，扬扬如常日。此盖近日感寡助之痛，而使故人出现于梦境也。此小事而纷萦心中如此之深，余所见太短矣。

一九七五年十二月十九日灯下

清稗类钞（四十八）

今日装讫。此书杂乱无章，所引亦不注出处，取材无鉴衡，多浅薄流俗之言。然其体大，所容多，凡有关北京风物世态，究非他书可比，可用之材甚多。千百年后，将成罕见之类书。四十八册之规模，虽在目前，亦不多见。如此保护，亦期延其年寿，遇有明达耳。

一九七五年十二月二十一日灯下记

汉娄寿碑

余读《翁文恭日记》，知其宝爱此碑，购得一本，然不能得其解。

一九七五年十二月二十五日灯下

唐拓十七帖

清代无学术，士大夫考据及于金石，于是碑帖盛行，然打印颇难，得一本即视为珍秘。时代之好，后人之难理解也。石印术兴，古籍字帖，得大传播，有正、文明诸书局，所印完备精良。十年前，余陆续购求多种，然对此道，终难及门而入也。此本印刷纸张，均甚精良，值书籍艰难之际，当与黄金等价。余附会风雅，故装而珍藏焉。

一九七五年十二月二十五日灯下

翁藏宋拓九成宫

一九五八年，余在青岛，病中习字，邹明[①]同志

[①] 邹明，《天津日报》副刊编辑，见孙犁《记邹明》一文。

自津购寄者。十余年人事沧桑，往事亦多不堪回首。而余尚在人间，并于灯下读书作字，忆及生者逝者，心如木石，不知其所感矣。

一九七五年十二月二十五日灯下

纪太山铭

余幼不习字，屡承严责。后奔走四方，更无习练之机会。所见既少，又乏师友指导讨论，写作潦草，字无定型，迄于晚年，不可改也。近年稍见字帖，亦尝练字，字如童子，数日即不耐烦。然亦悟知：字求便认，不生误会。当力使整齐无缺失，妍丑亦不可易矣。

一九七五年十二月二十六日上午

祝京兆法书

余近感：老年人多颠倒，语多重复。心有一念，顽不能散，一说再说，他人烦厌，而己不知。表现于文字亦如此。余青年时写作，一作之中，即使数十万言，无一重复语，似通盘背诵得过。今则不然，旬月之间，所题语言，即多重复。新枝不生，旧根盘结，此所谓生机渐消乎？

一九七五年十二月二十七日

陈老莲水浒叶子

此册系亡者①伴我，于和平路古旧门市部购得。自我病后，她伴我至公园，至古董店、书店，顺我之素好，期有助我病速愈。当我疗养期间，她只身数度往返小汤山、青岛。她系农村家庭妇女，并不识字，幼年教养，婚后感情，有以致之。我于她有惭德。呜呼！死别已五载，偶有梦中之会，无只字悼亡之言，情思两竭，亡者当谅我乎！

一九七五年十二月三十日上午

————————

① 亡者，指作者老伴，王小丽。

明清画苑尺牍

此一年又在修装书籍中度过，仍不能自克自宽也。

一九七五年十二月三十日

寒松阁谈艺琐录①

苏州古旧书店寄来。此书于同光间艺人小传外，颇记逸事。

《续古文苑》第四册

在短短的三个月中，你在我的感情的园林里，形成一棵大树。你独承阳光，浓阴布地，俯视小草。（偶然想到）

---

① 以下原五则，文末无日期，发表时置于一九七五年末，然其中《癸巳类稿》，手迹本注明了日期，故移出。其他一仍其旧。

邵氏闻见后录上（下缺）

余好在小摊买书，而不及细检，常买到残缺之本，使小贩得利，有时反为其讥笑。此亦好便宜之过也。其实，物不佳而值并非不昂。购书当先看目录，查卷数，最后看版权页，以知其底止耳。

归田录

余今岁读《欧阳文忠集》，将此录读过，见其所记，内容质实，而有条理。见闻学识，均非一般笔记所可比拟。

一九七六年

续泉说

此从苏州古旧书店寄来者，字刻虽拙，纸墨颇好，不知何人重装，讲求如此。鲍氏续从稿，亦颇可读。

晚清士大夫，多好此道，并全力以赴，考订细微。风尚之形成，自有其客观原因。然其间多旧宦子弟，以及俗吏富商之慕风雅者。动荡如同光之际，志向远大者，自不乏人，其著述，当亦非此区区者所可比拟。然此小道，亦容人游赏，春柳秋花视之可也。前附细纸，偶书如上。

一九七六年一月二日

全唐诗乐府

此内府刻本，系纪晓岚[①]家物。土改时，杨朔[②]同志到河间，住冀中导报，将《全唐诗》携至宿舍，书内红铅笔圈，疑即杨阅读时所作。当时战争未止，杨虽有马一匹，此等长物，仍不便携带。彼走后，书堆置地下，余检出

---

① 纪晓岚，原名纪昀，字晓岚，别字春帆，河北献县人，政治家、文学家。晚清礼部尚书、协办大学士，主要著作《阅微草堂笔记》。
② 杨朔（1913—1968），原名杨毓瑨，山东蓬莱人，现代著名散文家、小说家。

乐府部分，共四册。曾存于方纪①处；曾被抄走；曾寄往江西，终归手下。今富于纸，为之包装，百感交集。

杨朔同志已不在世上，前接其弟杨毓玮来信，谓杨已有正确结论，遍告各地友好。家属对死者结论，重视如此，甚可痛也。余与杨无深交，然自晋察冀边区熟识以来，观其为人，举止言论，一如书生。在河间时，余晚间路过其住处，见其盘腿坐于炕上，小饭桌放一盏油灯，聚精会神，展览刀布。盖亦土改时所收故家之物。能于动荡中，安静治学，印象颇深。

一九七六年一月七日

昭代名人尺牍小传

纸富则惠及劣书。然余既存有尺牍数种，则此书或将有助于用乎？

一九七六年一月七日下午

---

① 方纪（1919—1998），原名冯骥，河北辛集人，著名作家，曾任天津市文联党组书记、天津作协主席等职。

南园漫录

余好购丛书另种,识其款式。此云南丛书也,只得此一种。所用纸张甚奇,所谓茧纸乎?

一九七六年一月八日上午

湘 军 记

今日总理逝世①。斯人云亡,邦国殄瘁。

帮我做饭的,为一农村妇女,闻周逝世,抽咽失声。曰:他是好人。人心如明镜清泉,虽尘积风扰,不可掩也。

一九七六年一月九日

此书原想弃之,近日富于纸,遂取此等书杂治之,

---

① 周恩来逝世于一九七六年一月八日。今日,指讣告见报之日。

此证人爱憎无常,物之遭逢,亦随之无常也。

又记一九七六年一月十日

司马温公^① 尺牍

一九七六年一月十一日灯下。世界舆论:亚洲一盏明灯熄灭了。谓周之逝。强忍热泪听广播。

南通社称:中国无周,不可想象,然已成铁的事实。

另一外人断言:无人能够代替他。

另一外人评述:失去他,世界就和有他时不一样了。

共同社题:北京市民静静地克制悲痛的心情,排队购买讣告^②。

范文正公尺牍

范、司马^③为宋名相,读其书札,可略窥其相业,

---

① 司马光,北宋时大臣,死后被追赠以温国公的称号。
② 指刊有讣告的报纸。
③ 范、司马,即范仲淹、司马光。

然与周比，均沙砾耳。

南①政治报谓：周所历时代，为最暴风雨的，变幻无穷的，半个多世纪。

一九七六年一月十一日灯下

无失言，无失行，光明磊落，爱护干部，大公无私，献身革命。威信树于民心，道义及于国外，此周也。

又记

钱牧斋尺牍

余有此三家尺牍，今日装竟。范文正原有全集，在佟楼时，为家人捆而售之废品站，万有文库本新书也。今求之天壤，将不可得。风流云散之易，一砖一瓦之艰，适成人间翻覆之对比耳。

时限记于一九七六年一月十二日上午

---

① 南，南斯拉夫。

画禅室随笔

今晚至邻居看电视：向总理遗体告别。

余多年不看电影，今晚所见，老一代发皆霜白，不胜悲感。邓[①]尚能自持，然恐不能久居政府矣。

一九七六年一月十三日

刘　子

余曾于购书高潮时，购此等书数种，盖即所谓百子全书也。佟楼搬家前，以三册赠邻居老周，即时常持老医书，坐于门前小葡萄架下者。又曾拆烂一册，作捆书之垫纸。留此二册，屡欲处理，而时势变化，今日竟得郑重装饰如此，亦非意料之所及耳。

一九七六年一月十七日

---

① 邓，邓小平。

燕丹子　玉泉子　金华子杂编

今日反常，客来三起。初王慎宜[1]，此人在旧社会当记者，专采访而口述于人，自己不能成稿。后潘文展[2]，为山地高中学生一同去延安者，已成导演，动作如作戏。留之吃午饭。下午梁、张[3]来，二人近合写小说。梁因服益康宁，发已变黑，自谓奇迹。二人以加强锻炼相劝告，老朋苦口，余不得不听从也。

存华堂

一九七六年一月十七日灯下

儒林外史（影卧闲草堂刻本）[4]

余前有商务排印本，连同一些杂说部，捆送达生。昨达生来闲谈，问及近来出版物，知有此书，遂托其

---

[1] 王慎宜，《天津日报》记者。
[2] 潘文展，华北联大高中部学生。
[3] 梁、张，梁斌、张学新。
[4] 手迹本，《儒林外史》分一、四，发表时合二为一，文字未改动。

转请小马代购。达生认真，下午即办妥冒寒送来。此亦劫后藏书，洁裁废纸包装之。

弄惯线装旧书，一接此等新品，如砖石在手，不胜其沉重板硬也。如此影印小说，颇不便阅读，然如购新出线装书，又颇不便于生计也。

一九七六年一月二十日时限记

困学记闻

余原有中华备要缩印大本翁注，以其体大无类，在佟楼时，售之废品站矣。

一九七六年一月二十日

冷斋夜话（汲古阁刊本）

此毛晋所刊丛书，余仅有此一种。

一九七六年一月二十一日

寒夜丛谈

去年此时,一小鸟扑入室内,方思永伴,又受惊一逝不返。余在青岛时,伫立海滨,见海鸥忽下浴于海水,忽上隐于云端,其赴如恋,其决如割。痴心相系,情思为断。小钟嘀嗒,永志此缘。

一九七六年一月二十一日

小 名 录

今日天寒,重装此书。十余年前余手订也。初疑书店所为,后见包书纸上投递员小图章为王淑媛[①],当时余热衷购书,几乎每日有邮件到来,均系此女士手送至台阶上也。订书结线,亦系纵耕手法。十年工夫,竟如云烟过眼,余几不能相认矣。王女士已不再现于

---

① 王淑媛,负责该地区的邮局投递员。

此零落之庭院,来者是一代新人。

一九七六年一月廿一日灯下

稽 古 录

此种版式书,现代已无人问津。而余进城后,忽兴好古之思,以有用之钱,换无用之古董,且爱护不倦,直至于今。然今已衰老,目力不佳,此书字大行疏,悦目怡心之品也。

一九七六年一月廿二日

阮盦笔记

此不知何等著作,亦不知作者为何等人,胡乱购来,胡乱装之。

一九七六年一月二十二日

词科余话

新年刚过，春节又迫，今日求人理发，余之年即已过大半矣。

此亦只看书目，不知内容，函购之一部书也。而此等书，定价竟如此之昂，不明其用途何在。

一九七六年一月二十五日灯下

清河书画舫 [①]

此书得自早市地摊，归后并曾认真阅览一过。转眼已二十余年。又值年关，包书遣怀，可悲也。

昨日下午包书时，喉痒大咳一声，喷嚏并作，乃口鼻出血。适组内同志来问年，强作笑语，酬之而去。室有厌物，每年都不得安然度过。

今日身体不适，又家务劳累，下午睡中老李

[①] 手迹本，《清河书画舫》分子、丑、寅三册，发表时，合而为一。

来，告以心烦，仍絮絮不去，乃上床卧，以有病避之。

一九七六年一月二十七日

梅村家藏稿

后得者注意：此珍贵书也。不只定价昂，且经查抄者定为珍贵二等。同时定为珍贵二等者尚有：影印明本《太平广记》，明刊有抄配《四六法海》，新影印《太平御览》《会真记》《流沙坠简》，《郎园读书志》，以及宣统活字《国朝书画家笔录》。

一九七六年一月二十八日

李文忠公外部函稿

初一晚为小孩起名，仍为玉字旁。春节无外出，来人较去年少。今晨有花枝招展二人见访，顿为寒舍增辉。

今日内纷稍靖,余得题书。

一九七六年二月一日灯下

易　林

今日检书,忽见此书文字,命运难知,聊作邀盲问卜之用。

一九七六年二月六日

释迦如来应化事迹

余不忆当时为何购置此等书,或因鲁迅书账中有此目,然不甚确也。久欲弃之而未果。今又为之包装,则以余之无聊赖,日深一日,四顾茫茫,即西天亦不愿去。困守一室,不啻划地为牢。裁纸装书,亦无异梦中所为。

一九七六年二月七日

使西日记

因炊事忙,此事遂废。此数日间,亦不得安静,何处可求镇静之术,余不惜刀山火海求之。

一九七六年二月十四日

秦輶日记

此官僚日记,本无价值,然刻印甚为讲究,则非官作不能。近日读都穆《使西日记》,因其所经地方,大致相同,寻出并为之包装云。老荒记。

一九七六年二月廿三日

牡 丹 亭

今日余心烦甚。中午,儿子来接大女儿去佟楼住两天,余谓女儿:父安静安静。女不欢。今家庭各有愁闷事，自顾不暇，不能为他人宽心解闷也。手头有此纸，觅一书包装之。

一九七六年二月二十四日黄昏，老荒记

十国春秋

戒行之方为寡言，戒言之方为少虑。

祸事之发展，应及时堵塞之，且堵且开，必成大患，当深思之，当深戒之。

一九七六年三月三日灯下，老荒记

春秋左传

余每于夤夜醒来，所思甚为明断。然至白昼，则为诸情困扰，犹豫不决，甚至反其正而行之，以致言动时有错误，临险履危，不能自返，甚可叹也。余如能坚持夜间之明，消除白昼之暗，则过失或可稍减欤。

一九七六年三月四日灯下，老荒记

苕溪渔隐丛话

余之读书，不洁不整不愿读，书有折角，如不展舒，则心中不安亦如卷折。然细想实不必要，徒损时间精神，于读书求学无关也。但古来读书人多爱书，不读书者视之为怪。余见他人读书，极力压迫书籍以求方便，心颇痛之，然在彼人，此种感情实难理解。

旧习本宜改过，但不近书则已，近书则故态复萌，因既在身边，即难不顾而生情，有之为累，生之为痛，乃法则也。

一九七六年四月十一日

汪悔翁乙丙日记

今日外甥小宏来为我擦窗,惜其一身新服装。

老荒书屋
一九七六年四月廿五日

郋园读书志

此亦系"珍贵二等"八种之一,余尚未细读也。久未弄书,帮忙人从家持此等纸来糊墙,余用其所剩者包装之。

一九七六年五月二十三日灯下

诗 品 注

地大震[①],屋未塌,书亦未损,余现亦安,能于灯

---

① 一九七六年七月二十八日,唐山大地震,波及京津一带。

下修书，可知命立身矣。

一九七六年九月十一日

久不事此①，地震后在外露宿近一月，后虽偶进室中而无灯。今电接通，遂又得于晚间静坐包书，然笔墨早已收起，乃用钢笔题识。此书余另有万有文库本。

余生一九七六年九月十一日

三希堂法帖释文

余附会风雅，购得三希堂四木箱，装潢华贵，盖银行家之遗物。浏览一过，即成长物，且颇滞重，亦不甚爱好，置之而已。近日家事纷扰，且加以地震，平日弄书之习，中止近两月矣。昨晚又有震动，同院嘈杂，余麻痹稽留室内，忽念及此书，愿读书法家所爱之文章诗词，遂从柜中取出，量纸裁装，如地大震，

---

① 此则发表时，即附之于此，不见于手迹本，不知是写于哪本书之书衣上，故仍按日期排列于此。

则一切覆埋。幸而平安，则仍为人生一乐也。

一九七六年九月二十六日晚，余生记

小学义疏[①]

此即鲁迅先生所记尹氏《小学大全》也。

缶庐近墨第一集

向阳大院，两妇女为盖小屋，争地吵闹不休。余今日挂老缶篆联于室，又包装此旧书。余囿居此院，二十有五年。初进院时，房屋庄严，院中清整，小河石山，花木繁盛，后住户日多，不爱公房公物，室内院中，渐呈破败，然尚未大坏。一九六六年，南市氓童，成群结队，上屋顶，入地下，凡有铜铁可偷走卖钱者，

[①] 《小学义疏》《缶庐近墨第一集》《词科掌录》《近思录》《鲁迅全集》等，有的仅注明"一九七六年"，有的无日期，现据最初发表时，均列于一九七六年末；唯《新编五代史平话》，"手迹本"有确切日期，故移出，按时间顺序排列。

大事掠劫。屋瓦颓破，顶生茂草，院中花树，攀折刨损，一株不留。然假山小河，以其坚固，尚未动也。今年地震两次，兴造临建，遂移山倒海，断笋石为台阶，碎太湖石填地基，顿时河平山削。各式小屋堆砌联结，掩影曲折，几无行人之路。而原有住房，漏雨透风，无人修理。地虽已不震，而争地盗料，大事扩充，损公肥私，如入魔途，不知其返。向阳大院之委员、主任，表现尤甚。呜呼，名为向阳，其实向阴，此世界之所以永不得安宁欤？

一九七六年

词科掌录

从书纸看，此书曾掷弃于泥污，又经爱书者精心装潢。二百年间，不知几经浮沉矣，又历寒斋一劫。

近 思 录

昨日又略检《鲁迅日记》书账，余之线装旧书，见于账者十之七八，版本亦近似。新书多账所未有，因先生逝世后，新出现之本甚多也。因此，余愈爱吾书，当善保存，以证渊源有自，追步先贤，按图索骥，以致汗牛充栋也。

鲁迅全集

一九六六年夏秋之交，每个人都会感到：运动一开始，就带有林彪、"四人帮"那股封建法西斯的邪气。

那时，我每天出去参加学习。家人认为，我存有这些书，不是好事。正好小孩舅父在此，就请他把线装书抱到后面屋子里，前屋装新书的橱子、玻璃门都用白纸罩盖。这真是欲盖弥彰，不过两天，我正在外面开会，机关的"文革会"，就派红卫兵来，把所有的书橱，加上了封条。

我回到家来，内弟以为我平日爱惜这些东西，还特别安慰了我几句。其实，当时我已顾不上这些。因为，国家民族的命运，尚不知如何也。

住在同院的机关领导人，也赶来看望了一下。当然，彼此心照，都没有说什么。运动之始，"文革会"，乃是"御用",观机关红卫兵队长由总务科长兼任,即可了然。人们根据旧黄历,还以为抛出几个文艺界人物,即可搪塞。殊不知道此次林、四之用心,是要把所有共产党干部"一勺烩"。

秋冬之交,造反派以"压缩"为名,将后面屋隔断。每日似有人在其中捆绑旧书。后又来前屋抄书,当时我的女孩在场,以也是红卫兵的资格问:

"鲁迅的书,我可以留下吗?"

答曰:

"可。"

"高尔基的呢?"

"不行。"

执事者为一水管工人,在当时情况下,其答对,我以为是很有水平的。

因此,"高尔基"被捆载而去,"鲁迅"得以留在家中。

人、事物、事情的发展变化,都是辩证的、无常的。你以为被捆绑去的,就是终身不幸;而留在家中的,就能永远幸福吗? 大不然也。

捆绑去的,受到的待遇是"监护"。它们虽然经历了几年的播迁，倒换了几家的仓库，遇见过风吹雨打，虫咬鼠龀，但等到落实政策，又被"光荣的"护送归来，虽略有残缺，但大体无伤。

留在家中的，因为没有了书橱，又屡次被抄家，这些书，就只好屈尊，东堆一下，西放一下。有时与煤炭为伍，有时与垃圾同箱。长期掷于床铺之下，潮湿发霉，遇到升炉缺纸时，则被撕下几页，以为引火之助，化为云烟。

当初这些书，在我手中，珍如拱璧，处以琉璃。物如有知，当深感前后生活之大变，一如晴雯之从怡红院被逐出也。

被迫迁居以来，儿媳掌家，对寒舍惜书传统，略无所知。因屋小无处堆放，乃常借与同学同事，以致大多不知下落。一日竟将此书之封套，与废物同弃于院中。余归而检存之，不无感慨焉。

此书有详注，虽有小疵，究系专家所作，舍此，无以明当时社会及文坛上之许多典故也。

一九七六年

一九七七年

庾子山集

地震后，久不从事于此，今春节又近。去年此时，家庭不安，今幸得清净矣。

此书购时未细检，缺两卷。然当此书籍难得之日，虽残本亦可贵，故珍重装之。

一九七七年二月十二日

曹子建集（上）

又值岁暮①。回忆一年之内，个人国家，天事人事，均系非常。心情百感，虽易堂名为晚舒，然不知究可得舒与否。仍应克励自重，戒轻戒易，安静读书，不以往事自伤，不以现景自废。

一九七七年二月十四日下午

---

① 指旧历丙辰年。一九七七年二月十四日为丙辰年腊月二十七日。

鲁迅致曹靖华书简

存华堂装

一九七七年三月十二日

小玲[1]带来

死 魂 灵

余数购此书,一失于日寇,一赠马小五[2],因彼曾长期为我理发也。今又得此本,珍惜如昔时。

秀露书屋装

一九七七年十一月七日

---

[1] 小玲,孙晓玲,孙犁的小女儿。
[2] 小五,马小五,又名马晓吾,石坚之子。经常为孙犁理发的小青年。

鲁迅手册

一九七七年十一月八日濮良沛①同志携赠。

秀露书屋装

一九七八年

一九七八年

子 夜

存华堂

一九七八年二月

辞 海 语词分册 上

善闇书室装

一九七八年九月九日

---

① 濮良沛,生平不详。

新编五代史平话

五一年春购于南市,劫后赠与文会。近因写平话文章,向之讨还。文会甚慷慨,于临建堆书中找出。此书已不知几经浩劫,地震为其最近之遭遇耳。

善闇室
一九七八年九月廿二日重装

一九七九年

晋 书 七 列传

昨夜雪而无风。雪压树枝甚厚重,亦奇景也。

耕堂
一九七九年三月廿三日

艺舟双楫　古今书室排印本

一九七二年与此书重见。惜其垢污残损，为之洁修包装，庶几其有此经历，能面貌一新云。（此则为此番包书题字之首作，可记也。）

一九七九年十月再识

此则，前边有，但文字不同。1979、10再识就是1979年的。

一九八〇年

五种遗规

商务印书馆排印本。

古代之有刑罚，使民有所畏惧，岂只为统治阶级利益哉！古人有道德伦常之说，岂只便于奴隶主之统治哉？道德、伦理、教育、法制，经历史证明，乃全民之所需,立国之根本,经济、文化发展不可缺少之因素。

当变革之期,群众揭竿而起,选士用人,不可拘泥细节。大局已定,则应教养生息,以道德法制教化天下。未闻有当天下太平之时,在上者忽然想入非非,迫使人民退入愚昧疯狂状态。号称革命,自革已成之业,使道德沦丧,法制解体,人欲横流,祸患无穷,如"文化大革命"所为者。

道德伦理观念,成就甚难,进化甚缓。但如倒行逆施,则如江河决口,水之就下,退化甚易。十年动乱,可作千古借鉴矣。

一九八〇年三月

坛经校释

一九八〇年四月,金梅[1]代购。

---

[1] 金梅,沈金梅,天津《新港编辑》,文学评论家,有孙犁研究著作多种出版。

四库全书总目

余旧有万有文库本，共四十册，已于"文革"中失去。今日沈金梅同志，从夫子庙古旧书店，购得此缩印书。厚重而字体不甚清晰，非老年读书善本也。然聊胜于无有，故甚感沈君奔走之劳，并郑重包装如此状。

一九八〇年五月七日

辽 史 一纪

沈金梅同志代购史书两种，此书与《魏书》。

耕 堂

一九八〇年五月七日

魏 书 第一册 纪

沈金梅同志代购。余二十四史为"百衲本"，即各种本之杂脍(烩)也。善本甚少，阅读不便，所缺五种，拟以标点本充之。今见此书，卷帙亦甚繁重。今日修整，甚感劳顿，日后仍以少买书为佳也。

耕 堂

一九八〇年五月七日记

中国章回小说考证

原有此书，率尔送人，今又购此复制本。

耕

一九八〇年九月

古泉拓存　上

近日倦于执笔，又念旧籍。昨日整理《章氏丛书续编》，几不知其所云。此一代大师，治学终生，然其文字，不及半世纪，已无人问津矣。捆好放归原处，忽见此等拓印书，不解如前书，然可当画册看。

一九八〇年十二月二十四日

北京花卉

一九八〇年，小淼①购。

一九八一年

仪顾堂题跋

近为上海《解放日报》写幻华室藏书记，念及此书。

一九八一年一月十九日

---

① 小淼，孙犁的二女儿孙晓淼。

典故纪闻

畿辅丛书,只有此种,盖他人视为无用者。

幻华装讫记。

一九八一年一月二十六日

鲁迅书信新集

一九八一年一月,姜德明[①]寄赠。

杜诗镜铨 一 序目

余见有妄徒删窜自己作品[②],颇为愤愤不平,久之以为天下不应有此行为也。今得见此书,气乃顿消。此赵公不知何许人,于人家刻成之书上任意勾抹,大言不惭,谓之点窜本。致使此书身蒙污垢,价值大减,赵公可谓弄巧成拙矣。

幻华室

一九八一年二月一日

---

① 姜德明,人民日报出版社原社长,散文家。
② 指未经作者同意,私自删改《荷花淀》等作品。

杜诗镜铨　九

每至年关则多烦恼,不知何故。当安身立命矣,明日戒之。

幻华室

一九八一年旧历除夕

为姜德明同志题所藏精装本
白洋淀纪事

君为细心人,此集虽系创作,从中可看到:一九四〇到一九四八年间,我的经历,我的工作,我的身影,我的心情。实是一本自传的书。

孙犁

一九八一年二月廿二日

为姜德明同志题所藏少年鲁迅读本

此书虽幼稚、浅陋,然可见我青年时期,对鲁迅先生景仰爱慕之深情。

孙犁

一九八一年二月廿二日灯下

浮生六记　俞平伯校点本　共四记

幼年有此书,系六记①,已忘记是何处出版,是早期藏书,不知下落。一九八一年二月金梅代购。

陈垣史源学杂文

一九八一年二月,金梅代购。

---

① 《中国文言小说书目》(袁行霈、侯忠义编),收录了从独悟庵丛钞本到一九八〇年人民文学出版社重印俞平伯校点本,将近二十个版本,并说明"各本均缺卷五卷六"。所谓"六记"后,二记为他人拼补的赝品。

津门小集

回忆写这些文章时,每日晨五时起床,乘公共汽车至灰堆,改坐"二等",至白塘口。在农村午饭,下午返至宿舍,已天黑。然后写短文发排,一日一篇,有时一日两篇。今无此精力矣。然在当时,尚有人视为"不劳动""精神贵族""剥削阶级"者。呜呼,中国作家,所遇亦苦矣。

德明同志邮寄嘱题,发些牢骚以应之。

一九八一年三月一日下午
孙犁题于澹定斋

晚 华 集

此集所收,虽有几篇旧作,然多系近年作品,观其笔意,较之青年时,有失有得。失者为青春热情,得者为老年阅历。不知德明同志以为然否?

一九八一年三月一日
孙犁

通志堂集

报社福利每人可买六元书。因托金梅购此二种，不然，实不需要此等书籍也。

一九八一年三月十一日装

徐霞客游记

曾秀苍①来片，盛称此印本之精良。及至托人购得，并与旧存本相对，亦殊觉其无多特长，不过标榜奇异，以广招徕耳。近之出版社，甚至学者，多有此种办法。对国外读者，尤好如此。贸易之道，施于文化者也。（上册）

余尚未细观，上册所题，恐有过偏之论。然近日所印古籍，既少且劣，却是事实。特别是那些出版说明之类，有很多简直是梦呓。（下册）

一九八一年三月二十一日灯下装讫记

---

① 曾秀苍（1919—1987），百花文艺出版社资深编辑，作家。

吴趼人研究资料

此书字太小,不能读也。

一九八一年四月廿三日大风

契诃夫文集(第一卷)

吴泰昌① 寄赠。

一九八一年四月廿三日

新文学史料(第十一期)

今日上午为一妄人删改《山地回忆》事,激动生气,手颤几不能书写复信信封,甚无谓也。证明养气功夫甚差,后当克制。方今天下事,不能以常理论之,处处依据旧理,以责相遇之人或事,徒增烦扰而无补于世道之衰也。此妄人为北京商业局,编语文教材,名字已忘之。

---

① 吴泰昌,散文家、学者,《文艺报》原副总编辑。

恶劣处较窜改《荷花淀》尤甚，并非删节，而是处处另作。

一九八一年五月十四日，

昨日因食不洁物，夜半腹泻

谈龙录　石洲诗话

昨日报载，市人民图书馆管理员，盗窃书籍一千余部（册），卖得二千余元（所盗卖尚有文物）。其中有《营城子》等贵重书籍，每部所得仅二元耳。

藏书家将一生珍爱，献于此等人之手。仪式举行之后，即随意堆放，无人负责，一至于此。早在预料之中矣。消息中有"震损图书"一词，甚怪，书籍尚能震损乎？

一九八一年五月十七日悲观堂书

东斋纪事　春明退朝录

昨日淮舟来，为文集①编目事。今日映山、周渺

---

① 文集，指《孙犁文集》。

来辞,明晨将返保定。问及莲池近况,则已成公园——即变相杂巴地矣。

《东斋纪事》,有丛书集成本。

澹定室装
一九八一年五月廿二日

杜诗镜铨

傅正谷[①]赠。前数日,傅君曾送一稿来,系写我对古典文学的研习者,我看过,已写信寄还矣。今日持此书来,因已题字,不便推辞,谢而收之。此书我有木刻本,书面题某先生点窜本,以为出自名家手笔。实乃在印刷品上,任意删削,以炫彼之能删繁就简,致使一部洁整之书,涂抹狼藉,不堪阅览。方知如此妄人,古已有之矣。

一九八一年六月十日

---

① 傅正谷,天津社科院文学所研究员。

北 齐 书(第一册)

金梅从北京代购。

一九八一年八月

汉简缀述

陈梦家[1]著。此公初为闻一多助教,写诗,号为喋血诗人,不知何义。后乃考古,盖纯粹书生也。于"文化大革命"中惨死。考古一途,何与人事？受迫如此。哀其所遇,购求此本。

一九八一年九月二日

今日有郊外之游,晨起题此。

---

[1] 陈梦家(1911—1966),诗人,中国现代著名古文字学家、考古学家。

日 知 录 一

此书闲置,久亦未得包装。近日以文集校对事,心颇劳烦,夜间不能安睡。今日忽起意包裹此书,以息脑力。偶阅一二则,见其立论切实精当,多有与今日情景相合者,大儒之论,名不虚传矣。

一九八一年九月十九日

日 知 录 五

琐事勿轻易张口求人,勿轻易求人致口信。

耕堂装于一九八一年九月十九日

章太炎年谱长编

余购有《章氏丛书》及其续编,然多收学术文字,古奥深僻,不得其解。盖如鲁迅所言:章氏晚年,为跻于大儒经师行列,删削青年时战斗之作,以后所编也。读之不能见章氏全貌。此谱颇收编外文字,其战斗锋利之作,或可略见,因购存之。

余尚有影印《章太炎家书》,已详读矣。(上册)

余购此书,同时又购《民国通俗演义》四册,两种书固不伦不类,然余欲从此得知一些民国史实,其目的则一也(小说颇保存一些原始材料)。文人与时代不能分割,特别是像章太炎这种人的文字,必须印证史实,方得其解。(下册)

一九八一年九月二十日记

太平寰宇记

杨守敬刊日本国藏宋刊残本,一百十三至一百十八。

一九八一年九月装

题李燕生[①]所作篆刻

燕生同志，示以所作篆刻，余喜而观之。惜余对此种艺术，缺乏常识，不能作恰当之评论。就艺术一般规律言之：欲有创新，必先师古，必拜名师。然师古而不化，或有名师而不知博采众长，亦必有拘泥之患。燕生能于此道中，博古而通今，兼收而并蓄，其将来之成就，必不可限量也。

一九八一年十月十日

一九八二年

大卫·科波菲尔 狄更斯 著 董秋斯 译

出版社赠，金梅携来。

一九八二年一月二日

[①] 李燕生，篆刻家，曾任北京联合大学书画篆刻艺术研究所首席专家，现任北京大学金石书画研究室主任。

大卫·科波菲尔 下册 狄更斯 著 董秋斯 译

出版社赠,金梅携来。

一九八二年一月二日

海明威短篇小说选

一九八二年二月三日,吴泰昌　寄赠。

唐小本释氏碑廿种(三)

自本月中旬以来,以感冒及心情,不思写作,专取字帖观赏整理,对习字亦觉有所启发襄助也。

一九八二年三月二十四日下午

宋拓夏承碑

一九八二年四月题。此包字帖共十五册,此本商务印,其余十四册,均为上海艺苑真堂社印,然亦有别:《汉孟孝琚碑》为解放前出版,而其余十三册则为库存印张,解放后装订出售,观其封面纸料及无衬页即可知矣。此均为"文革"前,余在上海邮购得来,今日视之,已如珍秘之藏,无论无处购求,即有亦无力购买矣。今日礼拜,院中嘈杂,乃为之包以薄纸,借以寻静耳。

四月四日

红 楼 梦

郭志刚[①]寄赠。此乃校注本,余对之不抱奢望。即底本好,今日之编辑、校对,水平太低,而武断不负责任。近年标点出版之《三国志平话》,几不能读。

---

① 郭志刚,北京师范大学文学院教授、学者,孙犁研究专家,著有《孙犁传》(与人合作)等,以及其他著作多种。

任何古籍，当前如非影印，则甚难望其有任何佳处也。

一九八二年五月十日

巢林笔谈

一九八二年九月六日，金梅代买。

艺风堂友朋书札

一九八二年九月十七日，金梅代购，下午送来。谷应并送来托裱拓本一件，系余数月前所求者。

茨威格小说集

一九八二年十一月，百花[①]赠。

---

① 百花，天津百花文艺出版社。

左联成立五十周年特辑

一九八二

一九八三年

人间词话新证

齐鲁书社赠。

1983.1

清秘述闻三种

金梅代购。进士名簿耳。初只知作者,不知其内容也。于我无大用。

又近春节①,精神不佳。老年人皆如此乎,抑个人

---

① 1983年2月10日是旧历腊月二十八日。

生活方式所致耶？恐系后者。

一九八三年二月十日

（旧历12月28日）

歌德的格言和感想集

刘宗武[①]赠。

1983.2

美化文学名著丛刊

此即鲁迅所谓专印劣书之世界书局出版物也。余从字体版式识之，细看果然。金梅代购。余为得张岱《陶庵梦忆》购之，不然，实不喜此等无聊文字。

一九八三年三月十四日下午记

---

① 刘宗武，天津社会科学院文学所研究员，孙犁文学研究者，编选孙犁作品集多种，著有《孙犁的生活与创作》。

家庭的幸福

林楚平①译赠。

1983.3

艺　概

一九八三年三月,金梅赠。

文　选②

余有中华四部备要本,亦据胡刻排印。此本字体较清,并断句,聊胜于前者。金梅代买。其实本可不买,寂寞无聊之举耳。

一九八三年五月二十八日晚记(上册)

---

① 林楚平,新华社资深编辑、散文家、翻译家。《家庭的幸福》,浙江人民出版社1983年1月初版。
② 手迹本,《文选》分上、中、下三册,发表时合为一题,在每则文末以括号注明上、中、下。

余已数十年不至书市,据云线装书已绝迹于市场。书店即有所收入,亦以配套为名,居奇不售。前堆积台下无人过问之破烂,顿成宝货。此亦"文革"焚毁书籍之后果也。

国家偶也线装古书,售价之昂,非常人之所能得。故中华影印书,遂成今日爱好古本者,唯一可求之路。然今日整理古籍,多意在普及,只注意标点、索隐之类,谈不上学术方面之创造。求如胡克家之印书精神、学术修养,不可多得矣。时代不同,此种人材,亦渐稀少。

五月二十九日晨起又题(中册)

一九七六年夏季,余常于晚间,读《文选》于蚊帐中。后值地震遂罢。当时记得四部备要本注文中有错排,故长期以来,有再购一读本之念。然今日旧籍如铅印,实不能望其无误。故此本虽不便阅读,究可与前本对证也。(下册)

一九八三年五月廿八晚

文苑英华

金梅代购,用车驮来。此厚重书,老年人本无所用也。

夜起,地板上有一黑甲虫,优游不去,灯下视之,忽有诗意。①

一九八三年六月廿三日记

居延汉简甲编

大女儿又为我做一书柜运来,拟将一些笨重书籍装入。此书在内,因再为包装,并重新浏览。余对此种学问,毫无所知,近购《王国维遗书》,将参照阅读。

一九八三年十一月七日装竟记

---

① 参阅作者新体诗《甲虫》。

一九八四年

宋　书(第一册)

一九八四年一月十四日,金梅代购。

郭嵩焘日记(第四卷)

王勉思、杨坚①寄赠。如此大部书,甚贵重。中午食鸡,碎骨挤落一齿。

一九八四年一月十九日

永丰乡人行年录

一九八四年一月,姜德明寄赠。

---

① 王勉思,老战友康濯的爱人;杨坚,生平不详。

达夫①书简

一九八四年二月十五日,小胖②赠。

遇人不淑,离散海外。不能遁隐,与敌周旋。终至惨殁异域,其结果可谓不幸之甚矣。而女方归国,反能享其天年。追怀往事,读者亦不胜其悲矣。文人不能见机,取祸于无形。天才不可恃,人誉不可信。千古一辙,而郁氏特显。

摈此不论。单从爱情而言,郁氏可谓善于追逐,而不善于掌握;善于婚姻前之筹划,而不善于婚姻后之维持矣。此盖浪漫主义气质所致也。

洪宪纪事诗三种

一九八四年二月,金梅代购。

---

① 达夫,郁达夫(1896—1945),原名郁文,字达夫。中国现代著名作家,创造社发起人之一。革命烈士。著作有小说《沉沦》《迟桂花》《郁达夫精选集》等。
② 小胖,石坚之子马津海。

铁围山从（丛）谈　宋　蔡绦　撰

一九八四年四月廿五日，金梅代购。

华严金狮子章校释　唐　法藏

一九八四年五月，金梅代购。

归潜志　金　刘祁

一九八四年五月，金梅代购。

邵氏闻见后录　宋　邵博

一九八四年五月，金梅代购。商务排印本后录残缺，因补购此本。

陆 贽 文

一九八四年七月廿三日厦门学生赠。

朱子文集 一

一九八四年九月五日装,准备读后作文也。

花随人圣盦摭忆

一九八四年九月二十五日上午,金梅代买送来。饭后即用原包装纸衣之。上午客众,余谈话兴奋正疲。客为《光明日报》编辑冯立三,为李凖[①]长篇约写评论事,明年为大奖之期也。李凖托之牛汉、冯夏熊为《中国》各方事,颇费唇舌,慷慨激昂,闻者感动乃罢。

---

① 李凖(1928—2000),河南孟津人,当代作家、编剧。主要作品小说《不能走那条路》《李双双小传》等。

鲁藜①夫妇，鲁染发而面色不佳，眼深陷。

一九八四年九月二十五日

春游琐谈

姜德明告知书名，金梅代购。

今日拟沐浴，午后准备一切就绪，而火炉迟迟不旺。从一时至三时，尚在鹄候状态中。身倦天寒，已无兴致，包装此书后，当收场矣，可笑。

一九八四年十二月十三日

一九八五年

老子校读

一九八五年一月十一日收到。

---

① 鲁藜（1914—1999），原名许图地，童年侨居越南，1932年回国，参加抗日战争，1949年后，曾任天津市文学工作者协会主席。七月派诗人之一，代表作诗歌《泥土》，影响很大，今有《鲁藜诗选》等。

同日收到昌公木名之哈市十八岁青年本名前明者谩詈信一件。

劝戒四录　一

装讫，共八册。近拟作中国旧小说中的劝惩一文，故及此书。所记虽迂腐，举例亦不当。然以海淫海盗为衣食手段之"小说家"，例应有所报应矣。

一九八五年一月十五日

贯华堂《水浒传》（一）

此书已成珍本无疑，用数日时间，包装二十四册毕。

一九八五年一月二十三日

此中亦有色情描写，然与当前之色情文学相比，其高明之处自见。大手笔，即写猥亵，亦非炫小才者所能望及。

同日又记

通 志 略

此书甚有用。版本小巧可爱,字虽小尚可读,中华所印。装毕十六册,速度超前矣。

一九八五年三月三日

殷芸小说

一九八五年三月,金梅赠。

倾 盖 集

吕剑①寄赠。余复信谓:弟喜读近人所作旧诗,然自身不习音律,偶有尝试,常常失韵,不敢再作。此册可作学习范本也。

在北京及青岛养病时,曾写了一些旧诗,"文革"

---

① 吕剑,诗人,孙犁的友人。

中，老伴投之火炉。其他文字或可惜，诗稿之焚，从未在心中引起遗憾。

一九八五年四月四日

石屋余沈

一九八五年五月，金梅代购。

一九八五年十月六日

石屋续沈

金梅代购，上午陪吴泰昌等来舍，余以哈密瓜一枚招待之。

作者为教育家，对淫秽小说《绿野仙踪》，抨击甚力。

一九八六年

集外集拾遗补编资料

今日作小诗一首,题《作家之死》①。天明时此题忽入脑海,不知何故。

一九八六年一月一日

《弘明集》 上

春节疲甚,度新年如度一难关。今日初四,明日则皆上班矣。

一九八六年二月二日

---

① 见《孙犁文集》(补订版)四,第140—142页。

兰亭论辩

姜德明寄赠。德明信称：出版社库房爆满，将存书售给花炮作坊。此书只收三角，一杯酸牛奶价，较论斤更为便宜，然非熟人不能得。余复信称：书中每件插图，即可值三角，而插图共有六十五件之多。拿着文化开玩笑，可叹也。

一九八六年三月十日

续古文观止

一九八六年四月，张秋实①寄赠。

太平御览②

余有此书，一九六三年印本，纸较劣然装订较佳。

---

① 张秋实，生平不详。
② 手迹本，《太平御览》分一、二、三，共三册，发表时在一个书目下，文末括号内注明一、二、三册。

此系《蓝盾》编辑部所赠，该刊以登案例故事，颇赚钱，故赠品亦大方如此。此系一九八五年印本，纸较佳而装订较劣，系一中学师生承揽为之，书前已题字，推辞不得，无功受禄也。虽系重出之书，因贵重，亦不愿轻易送人。借此机会，愿能稍加浏览。余系穷学生出身，少年得书颇不易，在冷摊上，用几枚铜板，买两本旧杂志，犹视如珍宝。困乏之中，奋力自学，得稍有知识。今老矣，如此大部书，竟能拥有两部，亦可稍慰早年清寒之苦矣。

一九八六年九月二十五日（以上第一册）

此书原定价五十元，当时已视为昂贵。今定价为一百零四元九角，上升一倍，而供不应求，一般人不易购得。编辑部"假公"以"济私"，使有关人士亦得收藏之，恐怕仍是用者未必得，得者未必用。然较用名牌烟酒，文雅多矣。书籍成为一种物质，用来送人情拉关系，乃古时"书帕"之遗意，亦当前社会之新风也。

一九八六年九月二十五日下午（以上第二册）

六十年代初，国家经济困难，所印书籍，多用粗劣纸张。大部头书，如《全唐诗》，所用纸，红黄蓝白黑五色俱全，松软碎裂，形成一个时期的版本特色，无可如何也。该阶段，余购书最多。先买黑纸本，后遇白纸本，即再买一部，将黑纸者送人，邹明得惠不少。然如《全唐诗》《太平广记》等大部书，即遇有白纸者，亦不便更换，故仍为杂色纸本，今已不计其黑白矣。此书用如此佳纸，漆面烫金，国家经济好转之验也。惜装订不讲求，纸页不齐，册型不整，且有破损之处。包装运输，尤为随便，是对文化事业仍不够重视，各个环节，尚未全面规划改善也。

一九八六年九月二十五日下午外有恶声，
心意不属。（以上第三册）

唐玄序集王羲之书《金刚经》

去岁，为姜德明书一小幅，文曰"如露亦如电"。余读佛经，只记此一句，晚年书之。姜来信不明出处。余亦记忆不清，查所存几种佛经，均无此语。余对此等学问实无所知也。念前有柳公权书小字《金刚经》，语或出此。然前些年已同其他十余种字帖，赠与他人。皆遵同居者之命，以讨其欢心者。不久即仳离，所赠亦无谓。余之佛书，大半为石刻复制本，购买时，既想读经，又想用以习字也。

昨日偶见上海书籍广告，有此名目，乃托田晓明购买一册。晚间包装浏览，方知《金刚经》共有六译，而此乃删缀之本，非经书全文。又系拓片，装裱时有错裁误接之处，不能用作读本。然翻检至末尾，四句偈语，赫然在焉。失望之后，倍增欣喜。恐再遗忘，谨抄存之：

一切有为法　如梦幻泡影
如露亦如电　应作如是观

余为德明书此五字后，见一图片，鲁迅先生曾为日本僧寮书此五字。余与先生在文字上能有一点同见与同好，实出偶然。然私心亦不免有所惊异矣。

昨晚修整此书，临近八时，调整收音机，听气象预报。忽闻关于精神文明之决议，正在播出。心情激动,聚神谛听。过去从未如此关心政治,晚年多虑,心情复杂,非一言可尽,慨然良久。

今日看小孩,颇疲乏,字写不好,心情亦不佳。

一九八六年九月二十九日晚记

一九八七年

知堂书话

刘宗武赠。书价昂,拟酬谢之。

知堂晚年,多读乡贤之书,偏僻之书,多读琐碎小书,与青年时志趣迥异。都说他读书多,应加分析。所写读书记,无感情,无冷暖,无是非,无批评。平铺直叙,有首无尾。说是没有烟火气则可,说对人有用处,则不尽然。淡到这种程度,对人生的滋养,就有限了。这也可能是他晚年所追求的境界,所标榜的主张。实际是一种颓废现象,不足为读书之法也。

一九八七年一月三日

儿女英雄传

此说部，余向无收藏。近知人文[1]印有此本，乃致函季涤尘[2]代觅一部。书已出版多年，不易得，后从处理书堆中，得一部。又恐邮寄有失，托人带来，并以书有污损为歉。季君为人持重负责，有老一辈编辑风范，盛情可感也。遂于灯下修整包装之。

鲁迅诗云，中国人，无聊才读书。文人著书写小说，亦多在"无聊"之时。曹雪芹，蒲松龄，文康[3]，皆如是也。曹与文，身世略同，而其作品风格，相差甚远。此非经历之分，而是思想见识之异。

一九八七年二月七日

---

[1] 指人民文学出版社。
[2] 季涤尘，人民文学出版社资深编辑。
[3] 以上三人，皆清代小说家。曹雪芹著《红楼梦》，蒲松龄著《聊斋志异》，文康著《儿女英雄传》。

观沧阁藏魏齐造像记

北齐天保四年曹普造像记：敬造佛像一躯，愿亡者去离三途，永超八难，上升天堂。皇帝陛下，居家眷属，咸臻上寿。茫茫三界，蠢蠢四生，同出苦门，果登正觉。

当时造像，都要先为当今皇帝、当地长官祝福。

除三界外，如三途，八难，四生（他记中尚有"永出六尘"字样），余皆不明其具体内容。

一九八七年二月

元和郡县图志（一）

近日颇想读这类书，因其既有读书之趣而又不致心劳也。

一九八七年三月十九日晚题

元和郡县图志(十二)

今日下午三时至八时包装十二册讫。

一九八七年三月十九日

洛阳伽蓝记校释

书前有《永乐大典》书影一页,内有"慕势诸郎"一词。引本书:齐土之民,风土浅薄,虚论高谈,专在荣利。太守初欲入境,皆怀砖扣首,以美其意。及其代下还家,以砖击之。言其向背,速于运掌。

这比"人一走茶就凉",厉害多了。无怪人都愿去上任,不愿退休。

一九八七年三月

挥 麈 录

此书，余尚有丛书集成影津逮秘书本。

书内四三二条"王俊首岳候状"，全用口语，叙述描绘，与宋人话本同。互相对证，确系当时市井语言也。此种语法，有很多延续于明人小说之中，至清而一变。

一九八七年四月

诗 品

一九八七年六月卅日重装，为便于握持也。

养生随笔

刘宗武购赠，傅正谷送来。在彼处放多日，有污染，余洁治之。此小书，余曾托人，买不到，故见之甚以为快也。

一九八七年十月十八日

三馀札记 ①

大女儿归宁,谈及搬家后,与何人住一起事,无结果。(上册)

大院又有变动,亟欲搬家,一时又做不到。老年搬家,并非佳事。弄不好,会促进死亡。但势必有此一着,冷静淡然处之。

近社会处于无政府状态,一些小人钻空子,以谋私利,人心向恶,不可挽救,实可叹也。

一九八七年十月廿六日

西藏纪游 ②

寻觅他书,发见此书,毫无印象,如同新得。亦奇事也。(上册)

---

① 手迹本,《三馀札记》分上、下,发表时合二为一。
② 手迹本,《西藏纪游》分上、下二册,发表时合二为一。

近来关于西藏之话题颇多，想读一下，增加一些历史知识。（下册）

一九八七年十月二十六日晚

文献通考（上册）

一九八七年十二月十日，金梅代购。

景西①来，言其子小峰已结婚，女方为湖南土家族人，十八岁，其舅送来，所费并不超出与本地姑娘结婚之用，而且不必盖新房矣。索钱，余向他解释后，予一千元，盖有身后遗念之意存焉。近我乡多有从四川等地领婚者，然四川价昂，媒人费即达两千元。

一九八七年十二月十日

---

① 景西，孙景西，孙犁侄儿。

文献通考（下册）

久不购书，见此书广告又忍不住，其实已不能细读矣。

一九八七年十二月十日灯下记

近××之二妹出走。村中有孤儿，二妹夫怜而邀其家中过年，后遂吃饭做活在一起。村中有流言，今年中秋节分出之，而二妹乃火急出走，派人各处寻觅，不得。

一九八七年十二月十日

一九八八年

郁离子评注

傅正谷赠。

近日精神颇不佳，今日在院中吃早点，又遇房管站人员来看房。余对此站，甚有反感，遇之即应对不恭。彼等已屡次见我如此，当莫名其妙也。

房管站只看房，不给修房。我也不敢用他们。但每到此院，必成群结伙，先至我屋，我亦莫名其妙。

一九八八年六月二十日下午，傅之公子送来此书，当即包装之，并题记焉。

雷塘庵弟子记①

今生不能为官，且看看达官贵人的经历，亦望梅止渴也。（第一册）

为自由而奔波一生，及至晚年，困居杂院。社会日恶，人心日险，转移无地，亦堪自伤。

自注：文途自如此，如当时转入宦途，情况将大不同矣。

病老心烦，环境恶劣。虽封窗闭户，心亦不安。

---

① 此则未注明日期。作者是一九八八年八月，从多伦道迁至鞍山西道居住。此则仍写于"困居杂院"时，故置于一九八八年之末。

居家遇此辈，反不如黑夜遇强梁矣。（第二册）

官家处处走过场，坏人处处钻空子。钻大空子发大财，钻小空子得小利，尚可谈人心向善乎？

下午雨。（第四册）

龚自珍年谱

济南邓基平①寄赠。

一九八八年九月六日装

智囊全集

读章含之②文章，知毛曾从她家借阅此书。章士钊③收藏此类书籍，无足怪。毛一生大智大慧，奇谋

---

① 邓基平，笔名自牧，作家。
② 章含之，章士钊的女儿，国家外交部官员。
③ 章士钊（1881—1973）湖南善化人（今长沙市），字行严，笔名秋桐等，教育家、政治家，中国共产党的朋友。主要著作有《柳文指要》等。

奇计，非古所有，尚以为不足，晚年仍借鉴不已，此可异也。见花山出版消息有此目，遂请屏锦①寄一部来。亦辑缀古书，多为习见，本无足珍也。

一九八八年十二月一日装讫记

中国大百科全书（中国文学Ⅰ）

一九八八年十月，郭志刚持赠。

书价昂，拟还其款也。

一九八八年十二月一日装讫记

一九八九年

胡适《红楼梦研究论述》全编

田晓明代购。

自昨日起晕眩。睡起时甚剧，不能行动。在床前

---

① 屏锦，李屏锦，花山文艺出版社资深编辑。

试探很久，方能扶墙而行。昨日下午请报社大夫，不顺利，颇激动。今日晓达①请电台大夫，给药。报社另一大夫来，同车数人，余烦甚，避入小室。病在脑血管，似颇不轻。

一九八九年三月十一日下午

古今伪书考补正

山东邓基平寄赠。

国家形势堪忧，心绪不宁，午饭后装整之。

一九八九年五月十八日

史　记②

民国五年涵芬楼影印。

---

① 晓达，孙犁之子孙晓达，在天津电视台工作。
② 手迹本，《史记》分序目卷一一五、卷59—74、卷一百二十一—一百三十，共三册；发表合而为一，一、二则合在一起，第三则单列。

余在中学，初读《史记》，购商务《史记菁华录》一部，亦未通读，于抗日战争中，遭敌抢劫，遗失。以后阅读，亦多为选文。进城后，于天祥商场得此本，线装共十四册，毛边纸印，字尚清晰。

今年入夏以来，国家多事，久已无心读书。近思应有以自勉，以防光阴之继续浪费。今晨找出此书，拟认真通读一遍；不知结果如何也。

一九八九年八月二十七日装讫记

自去年八月间，迁至此处①，读书与作文，几乎俱废。今年三月间，稍操旧业，又突发眩晕，停笔至今。每日无事，既感无聊，思虑反多。每思读书，又无系统，随取随收，不能坚持。乃念应先以有强大吸引力之著作为伴侣，方能挽此颓波，重新振作，此书乃当选矣。

八月二十八日下午装讫记

---

① 此处，指鞍山西道学湖里16号。

遵生八笺

一九八九年九月十九日，邓基平寄。书价昂，已寄款去。

此书收入四部丛刊中，已不易得。余见有排印本，原想购置。然此本油墨纸张均甚差，所谓好书不得好印。且有删节，未能令人满意，然今日出版物，亦只能将就着看。

当日晚记。

史 记(59—74)

晓明来谈，邹明脑中取出肿瘤二，手术顺利良好，系脑系科杨主任所做，鲁思[1]所托也。手术时，于振瀛[2]一直在场，照顾周到，现邹明语言清晰，可慰也。

---

[1] 鲁思，天津时报原总编辑。
[2] 于振瀛，天津日报文艺部副主任。

疾病无常，邹明发病前一日，尚在和面做饭。

十月十四日中午

菜 根 谭

此昨日收到之山东邓基平所赠小书。余初以为明人议论，不甚注意。及见书后附傅连暲[①]序，乃叹为珍本也。傅氏行医汀州，红军至参加革命，随军长征，于我军医，大有贡献。

其序作于民国十一年，即一九二二年，参加革命之前。颇以国人之争权夺利为大病，认为不易医治。文中有"举国若狂，隐忧何极"之语。今日读之，如针时弊。所言，实目前有识者之同慨。世事变化，竟有如此出人意外者。傅氏已作古，不能重为"嗟乎"矣！

一九八九年十一月十日下午装讫记

---

① 傅连暲，中南海保健医生，著有《养生之道》。

一九九〇年

天津杨柳青画社藏画集[①]

自去岁入冬以来，余时有寂寞无聊感。身体亦时有小毛病发生。邹明逝世，朋友多以预早体检告诫，余以年龄超期，有什么就带走回答，仍是人生无可奈何之意。然自停止写作以来，无所事事，精神既无寄托，空虚苦闷，时时袭来，绕室彷徨，终非善策。日前山东一青年名常跃强，专程送来字画各一幅，余观赏两日已收起。昨日下午，谢国祥[②]同志送一山水挂历及此册来，又消磨两日时光。近况颇似儿童，遇人送来合意礼物，则欢欣形于言词，实可笑也。

一九九〇年一月四日记

---

① 这则书衣文，是刘宗武从石家庄孙犁大女儿家拍摄来的。
② 谢国祥，天津市委原宣传部长。

菜 根 谭

此又一版本,是保定河北大学哲学系学生所寄。他很喜欢这本书,购到后读至深夜,次日又买一册赠我,与我并不相识。

不到两月,先后收到两本,有些青年人,大概以为我也很喜欢这本书。

我不喜欢这类书,以为不过是变样的酬世大观。既非禅学,也非理学。两皆不纯,互有沾染,不伦不类。这是读书人,在处世遇到困扰时,自作聪明,写出的劝世良言,即格言之类的东西,用之处世,也不一定行得通。青年人之所以喜欢它,也是因为人际之间,感到困惑,好像找到了法宝,其实是不可靠的法宝。

至于据日本商人见识,以估本国文化,此种心理,更无足置论矣。

一九九〇年一月十日下午,无事,包装之,并记。

三松堂自序

一九九〇年一月十二日，宗璞①寄赠。日前余曾致函求索也。晚装讫。

原以为作者自撰，今知大部为他人记录。且篇幅如此宏富，像自传体式回忆录文字，则与古人于主要著述之后，所作自序，略有不同。次日又记。

瓶外卮言

读晚报文章，知有此书。曾托郑法清②询之古籍出版社，未得。近又托金梅问古籍书店。据说，前些日子尚无人过问此书，今不知为何，一下卖光。仍从书库找出一本。金梅云：得之不易，也不要书款了。

一九九〇年三月廿六日记

---

① 宗璞，冯宗璞，作家，冯友兰之女。
② 郑法清，百花文艺出版社原社长、总编辑。

此书为天津古籍书店翻印。原书出版于一九四〇年，著者住英租界。何时，何地，能有何等文化，不足奇也。

又记。

续 世 说①

一九九〇年六月四日装。因读宛委别藏抄本，与之对照。然精神不爽，屡拿屡放，包装亦无什么兴趣，此真所谓一年不如一年矣。（第一册）

人皆以抄本为可贵，为其从古本移录也。然抄书人文化低，且愿多做活，自不免抄错，又不便改，遂将错就错。即如此书，最后之郑注条，余初读宛委本，颇多疑碍，不得不又将此书找出对读，乃发见短短一节，错误多处。故名人校本，不可不重也。（第二册）

余有倒读习惯，多施于无意通读之书。于此书，

---

① 手迹本，《续世说》分一、二、三；发表时合而为一，文末括号内注明为第几册。

则为先观人之劣行，即所谓接受反面教育也。幼年读书，德行为先，那是正面教育。经历人生之后，乃知反面教育，不可不施于幼年也。这就是鲁迅先生常常告诉青年人，人可以坏到何种程度，使之遇到时，有准备，不感意外之意。然青年人天真，如柔石辈，常常不以为然，后遭不幸，悔之已晚。（第三册）

今 世 说

一九九〇年六月四日装。此系早年所购，观所用图章可知。此章系在劝业场刻制，后送与张，为其兄磨制一章。张兄颇势利，亦其兄妹当时处境所致，不必深怪也。

下午，重庆出版社三同志，来谈解放区文学丛书出版事，值午睡起，精神好，所谈颇多。大意谓：出版社当有魄力，有出类拔萃之志。能出一套质量精萃的书，为学术界所承认，就会出名。如只印流行大路货，印多少，别人也记不住你的名字。近年出版界颇使人失望，我已经不愿再印书。希望你们努力云云。

孙犁传[1]

昨晚梦见邹明,似从阴间请假归来探望者,谈话间,余提及已嘱李牧歌将纪念他的文章,及早汇印成书,不禁失声痛哭。邹瘦弱,神色惨淡,似颇不快,余急呼牧歌慰之,遂醒。盖昨晚睡前心情不佳所致。大热近一周,从今日起,稍凉爽。

一九九〇年七月十九日清晨

太平广记　第一册　神仙

清心寡虑,谨言慎行。近日应以此二言为座右铭。

此一九六一年印本,从纸张可见国家经济困难之情。建国以来,印书纸几度变化,即经济政治情况的反映。有人尚言文化与政治无关,或脱离政治,殆呓语耳。近日印书,更不堪言。周汝昌[2]学术著作,工

---

[1] 《孙犁传》,郭志刚、章无忌著。
[2] 周汝昌(1918—2012)天津市人,著名红学家、中国古典文学研究家、诗人。著有《〈红楼梦〉新证》《曹雪芹传》等。

人出版社印得不堪入目，实过去所未有。竟亦出版发行，出版人到了不知羞耻地步，尚有何精神文明可言！

一九九〇年七月卅一日上午心烦无事记

太平广记　第二册

神仙　女仙　道术　方士　异人　异僧　释证

太平广记　五百卷　内府藏本

宋李昉奉敕建修，同修者扈蒙、李穆、汤悦、徐铉、宋白、王克贞、张洎、董淳、赵邻几、陈鄂、吕文仲、吴淑十二人也。

凡分五十五部，所采书三百四十五种，古来轶闻琐事，僻笈遗文咸在焉，卷帙轻者，往往全部收入，盖小说家之渊海也。

其书虽多谈神怪，而采撷繁富，名物典故错出其间，词章家恒所采用，考证家亦多所取资。又唐以前书，世所不传者，断简残编，尚间存其什一，尤足贵也。

太平广记　第四册

定数　感应　谶应　名贤　廉俭　吝啬　气义　知人　精察　俊辩　幼敏　器量　贡举　铨选　职官　权幸　将帅　骁勇　豪侠

本书：太平兴国二年三月开始编纂，至次年八月结束，成书五百卷，目录十卷。六年正月雕印。即不到一年半编成。不到四年印成书。工作效率可谓高矣。北宋条件，当然落后，而出书速度却快。八十年代现代化，又是激光，又是胶印，如果出这样一部书，需要多少年？这就很难讲了。就不用说编辑和校对质量了。在古人面前，我辈宁无愧乎。

当时总编是李昉，编辑共十二人。

当今编一部稍大型的书，则必设正副总编若干人，分部主编副主编若干人，下又设编委，虽多是挂名。而正副总编、正副主编多不亲自下手，下面干事的人，又多不学之士，所以近年官家编纂之书，无多精彩者，读者亦不重视之也。

一九九〇年七月卅一日

太平广记　第五册

才名　儒行　乐　书　画　算术　卜筮　医　相　伎巧　博戏　器玩　酒　食　交友　奢侈　诡诈　谄佞　治生　褊急

近年所谓作家，无战争之苦，无生计之劳，每月拿一份薪金，住在所谓协会，要好房，坐好车，出入餐所，旅游山水，究于国家民族，有何贡献？国家无考征，人民无索求，悠哉度日，至于老死，不知自愧，尚为不平之鸣，以为政治干扰了他们的清兴，妨碍了他们的创作。著文要求宽容、理解，并以养鸟产卵孵化为比喻，哀叹环境仍不理想。这是一群娇生惯养的纨绔子弟，没有吃过苦的人，是写不出有价值的作品的。

一九九〇年七月卅一日下午闷热

津卫有才子，怨人不宽容，养鸟深荫处，雏出大放鸣。作家譬孵卵，干预不成功，此乃豢养辈，将身比野生。

九〇年八月二日上午偶作

太平广记　第六册

幻术　妖妄　神　酷暴　妇人　情感　童仆　奴婢　梦　巫厌　诙谐　嘲诮　嗤鄙　轻薄　无赖

此册，杜甫及其祖杜审言，被列入轻薄类，列举其狂诞事实，亦多可笑。审言一子并，年十三，曾愤激杀人。盖遗传乎，然甫终成诗圣，文学与性格，关系至大。

九〇、八、二、晨

一生多颠沛，忧患无已时，沉迷雕虫技，至老意迟迟。实是无能为，藉此谋衣食，多难竟不死，上天赐耄耋。

总结一生，余最大毛病为冲动，俗语谓之冒失。行为多突然，并非自觉，事后恍然若失，不明其究竟何因而起也，实亦狂症。

温庭筠以文为货，识者鄙之。

太平广记　第七册　神鬼

近日又因吃饭问题烦恼，想换人做，实际又很难找到合适的，且原有的人，已在我处十五年，有感情，并熟悉我的生活习惯，只因她近年卖报，常来晚，且疲乏不堪，无心亦无力为我服务，因此，我生活、精神均受影响，常常想换人。如真的换，则又顾虑重重，此老病也。三日下午，女儿来说，找到一个人，如何好。余一夜未眠，次日晨与玉珍[①]话分别事，竟痛哭失声，此数十年未有现象，证明旧病又犯，实堪忧虑。结果新人未来，旧人未去，老问题依然存在，正不知作何究竟也。

一九九〇年八月六日晨记

---

① 玉珍：孙犁晚年的保姆。

太平广记　第八册

鬼　妖怪　精怪　再生　悟前生　冢墓　铭记　雷　雨　山　石　水　宝

五日下午，克明陪映山来，余说话甚多，几无空隙，并多涉及年老事，见故人颇动感情，此亦过去未有也。

八月七日晨记

聊斋佚文辑注　蒲松龄纪念馆
盛　伟辑注　齐鲁书社

一九九〇年八月五日，山东邓基平赠。青年人送我一些东西，我在文章中提到他们的名字，他们就很高兴，呜呼，此亦人情交流之一途也。

所作碑传公文，不离学究气，蒲氏如无小说，其文集实不足流传。然其生活知识颇丰富，对创作有利。蒲松龄入泮制艺，颇有趣。并非为圣人立言，实际为一小说，且得施愚山好评，可见虽八股文章，题材亦允许多种多样。蒲氏文笔，与以后所写《聊斋》文字，甚相似，可说是《聊斋》的雏形，天才多于幼年时显现，即如鸟兽之胚胎，可异也。艺术趣味亦广泛，其所记石谱为余所见最全者，分观赏、砚材、器用各项。

九〇年八月九日记

其与诸侄书论作文之法，以为乘间、翻空，逆振，旁搜曲引，可以取胜，反对攻坚攧实、硬铺直写，以为文不能传诸语，此理论家之言，非作家之言也。蒲氏创作，亦断非如此。任何文章，不攧实，何能有佳作？翻空云云，作八股则可，写小说则断不能成功也。

下午又记

太平广记　第十册

郑振铎著文学史，有商人与士子之争一章，当今却有商业诗人，以为文士绝非商人的敌手，特别是在争夺妓女的欢心上。文士不平，乃糟蹋商人。商业小说家等等，可与商人直接抗衡，不必败北矣。梁章钜《楹联丛话》有江淮大盐商大言不惭，贴一门对为：岂有文章惊海内，何劳车马驻江干。以为不伦不类，作为笑料录存。其实，商人的意思是：你们这些作家来我这里，并不是因为我有好文章，使你们慕名而来，是因为其他原因。意思是很直率的。

八月十一日晨起无聊记

引谕山河，指诚日月。

唐宋传奇集

此书购于一九五二年三月。系人文据旧《鲁迅全集》纸型重印，一九五二年二月出版。封面仍为陶元庆所画，可贵也。原包装用中学同学张砚芳包书法，甚严密，纸已破败，故重装之。时一九九〇年八月二十二日。

新全集不收此书，余检寻未得。近读《太平广记》，连及此书。抚今思昔，感慨颇多。

先生编纂此书时，正值精力、情感旺盛之期，故序跋文字中，颇多妙语。余青年时，都能背诵。

胡适的日记　上册

1990.11.13，刘宗武赠。
以书价不昂，又未付款。

俞平伯[①] 序跋集

近读《新文学史料》本年第9期俞平伯材料。中国所谓名门世家、书香门第出身的学者，俞氏为最后一人矣。

1990.12.22

---

① 俞平伯（1900—1990），原名俞铭衡，字平伯，生于江苏苏州。白话新诗创作的先驱者之一，与同学发起成立新潮社。后专心研究《红楼梦》，出版《红楼梦辨》，考证出《红楼梦》原书只有前八十回曹雪芹所作；后四十回为高鹗续作。后修订为《红楼梦研究》。解放后发表了《红楼梦简论》，遭受非学术性政治批判，长期受到不公正待遇。"文革"后得到平反。他对昆曲有很深造诣。

一九九一年

文徵明行书《离骚》

文字为工具，以易书易认为主。用作装饰，亦应以工整有法，秀丽有致为美。近有作者，以狂以怪为高，以丑为美，所作字倚斜臃肿，如蝌蚪，如乱石，如枯干。更有甚者，以拖布做笔，表演大庭广众之中，此作杂技看则可，作书法看，则令人啼笑皆非。余近习字，专以传统为重，求其有法有依，绝不作狂纵之态也。

一九九一年元月六日病稍可，
记于小屋南窗之下。

知堂谈吃　卫建民[①]赠

文运随国运而变，于是周作人、沈从文等人大受

[①] 卫建民，国家工作人员，与孙犁经常联系。

青睐。好像过去的读者,都不知道他们的价值,直到今天才被某些人发现似的。即如周初陷敌之时,以郭沫若之身份,尚思百身赎之,是不知道他的价值? 人对之否定,是因为他自己不争气,当了汉奸? 汉奸可同情乎? 前不久有理论家著文,认为我至今不原谅周的这一点,是因为我有局限性。没有人否认周的文章,但文章也要分析,有好有坏,并非凡他写的都是好文章。至于他的翻译,国家也早就重视了。

还有沈从文,他自有其地位,近有人谈话称,鲁迅之后,就是沈了。尊师自然可以,也不能不顾事实。过犹不及,且有门户之嫌。还有人想把我与沈挂钩,因实在没有渊源,不便攀附,已去信否认。

1991.1.15 旧历元旦之晨记

谈 龙 录 赵执信

1991.1 山东邓基平寄赠,余有另本。

自去年11月中旬,患腹泻,两月间,共犯六次,每次泻四五回。身体虚弱,今年一月底引发心脏不适,过速,声宏大可自闻,时有间歇,每犯坐卧均不安。心速声宏,过去有之,不以为意,间歇则未有过。心绪不佳,颇以为虑。乃请报社大夫诊治,很难断定其结果如何也。发病时,浑身无力,不能持重,不能扫地、搬书,甚至不能看书阅报,这才真正成了一个病人。

1991.2.4下午记,从前天上午,贴条子谢来访者。

陈独秀书信集

一九九一年八月十九日,宗武赠。

此书名于文章中见到后,即托北京吴泰昌访求未得,以为系台湾出版,不易得,遂亦置之。昨日宗武持此书来,为之欣喜,傍晚即于阳台修治之,然污点未易去净也,今晨翻阅之。知多从文集中辑出,文集中学时读过,书信在第三册,已忘之矣。书亦非台版,宗武即得之于天津作协所设之书店。舍近而求远,此亦"迂"的一种表现也。

廿日上午

钱云诗存　一九九一年八月廿八日

邓基平寄赠。

文人之日记、书信、诗，皆为其历史断片，如有系统，编得完全，则可窥见其历史全貌，甚可贵也。此书虽单薄，然为小说史家所重视明矣。

下午记

一九九二年

胡适文粹

1992.2.30　房树民①寄赠。

书皮有污，上午洁之。

胡适好像离我们很远了似的。我手下没有几本他

---

① 房树民，作家，上世纪五十年代初，经常给《天津日报·文艺周刊》投稿。

的书。人一死，他忽然变得对我们亲切了很多。所以见到关于他的书，我们也忽然觉得珍惜了。

周易杂论　高亨　著

山东自牧寄赠。

一九九二年六月廿一日晨无聊，久不包书自娱，觅出装之。

白居易家谱

山东自牧寄赠。

此人屡赠余小书，亦可感念也。

1992.6.21装之

赵执信年谱　李森文　著

山东自牧寄，贺余78岁生辰者。

1992.6.21装之

宋司马光通鉴稿

一九九二年九月十九日,九馀老人装。

余自七十年代起,裁纸包书近二十年,此中况味,不足为他人道。今日与帮忙人戏言:这些年,你亲眼所见,我包书之时间,实多于看书之时间。然至今日,尚有未及包装者。此书即其中之一,盖书太大,当时无适合之纸耳。

宋贤遗翰

一九九二年九月十九日装。

此过去故宫博物院出版物,印刷精良,为当时先进,鲁迅曾称许之。

故园消失,朋友凋零。还乡无日,就墓有期。哀身世之多艰,痛遭逢之匪易。隐身人海,徘徊方丈。凭窗远望,白云悠悠。伊人早逝,谁可告语。

一九九五年一月二十九日上午抄讫

一九九三年

何　典

一九九三年四月廿八日，山东自牧寄赠，贺余八十岁生日也。书颇不洁，当日整治之，然后包装焉。

挂枝儿　山歌　冯梦龙 编

1992.11自牧寄赠　1993.11.12装。
养病无聊，觅书包装消遣。

孔子世系

养病装书，"系"字误书，究竟老矣。

1993.11.12

一九九四年

琉璃厂小志 孙殿起 辑

余有此书,北京友人孙桂昇①又送一本,宗武带来。

一九九四年元月四日

说 园 陈从周 著

北京友人孙桂昇赠。

此为大病后新添书籍。虽非自购,然爱书之情,似仍未已也。

一九九四年元月五日装

---

① 孙桂昇,北京的离休干部。

南明野史　　商务民国十九年排印本

此书原名《明末五小史》，又名《明季五藩实录》，作者江苏常熟人（朱希祖）。

余一九九三年五月廿五日住院，六月二十四日手术，八月三日出院。

如不记注，恐将忘矣。

三位专家：吴咸中、鲁焕章、李文硕[1]。

一九九四年元月十八日制此护书。因见此书，近日读过去所购《南明史料》。

寒松阁谈艺琐录　　张鸣珂

内有旧题。

一九九四年一月卅一日重装

---

[1] 为孙犁做手术的天津南开医院和一中心医院的著名专家。

中国书法全集 78 康梁罗郑卷

①一九九四年三月十九日，北京耿君①持赠，余报以小型石印书《西域水道记》一部四册，彼在研究河道。此君读书甚多，今年卅岁，前途正未可限量也。上午十时，滕云、宋安娜、张金池、沈金梅、郑法清、李华敏、刘宗武集于寒舍，商议召开研究会事。据云筹备甚早，而批下甚迟。余只重申不要拉赞助之旨，余未过问。合影后，彼等移至独单详谈，余休息。

②书法者，知识份（分）子之余事，然亦处世之大节，观此集，可知文字非小道，文人之趋避亦反映其间。康梁，时代之猛士；罗郑，因循之小人。合编一集，乃时代之丑净先后之演出。

③今之青年，并汉奸之不知，甚亦不知租界为何物，且有人缅怀租界，拟议建立博物馆者，不知收藏何物，见诸报章，亦无下文，不知何时建立也。

下午又记

---

① 耿君，耿建忠，笔名耿二，北京文史爱好者。

佩文斋书画谱 （一）序 凡例 总目 纂辑书籍

此书购置已多年，以其浩瀚，从未细读。今值大病初愈，余既读画论诸书，且有文字矣，又念及是书。然亦屡拆屡捆，已三次矣，决心未能下。今晨又打开，并为首二册包装，希能浏览一过，稍长关于书学之知识，或能有所论述乎。噫！大难不死，非止一回，上天既不厌其生存，自当努力，余光使其有所辉照也。

一九九四年三月廿九日上午耕堂识

历代诗话 上册 清 吴景旭 著

内有一九七四年题词。

一九九四年五月八日重装

历代诗话　下册　清　吴景旭　著

一九九四年五月八日重装

沉吟楼诗选　附　广阳诗集

一九九四年十月十一日，山东姚恩河①寄赠。久未得书，即整治之，兼听评书。

一九九四年

书名阙如之二

余有商务排印本《宋元小说大观》，皆为有政治经验之名家所作，其所记均有益于人生，无一字空泛，每册后有夏敬观②所作校记。明清之作能与之比者寥寥。

---

① 姚恩河，山东文学爱好者。
② 夏敬观（1875—1953），江西新建人，生于长沙，晚寓上海，近代江西派词人、画家，著作有《忍古楼诗集》《忍古楼词话》《夏庵画集》等。

故随笔亦如其他文章，一代不如一代，此亦九斤之见，必为弄潮儿所笑也。

一九九四年十一月廿六日午后记，边听评书。

书名阙如之三

余幼年好听鼓书，然很少听评书。今年先后听评书三部矣。近人所说评书，亦吸收现代语言及注意人物性格塑造。因无书可看，乃听评书，先为《水浒传》，后为《杨家将》，再后为《隋唐演义》，最有趣味，因曾买此小说而未读，赠与映山。近又读隋唐正史，颇欲知此小说之结构也。

一九九四年十一月廿六日

增广入幕须知十种

此等书本拟处理矣，而今又成上宾。余去年大病[①]，

[①] 大病，指1993年做了胃部切除手术。

此等事本应结束矣,而今又裁纸为之装束,世事之多变无常也如此。

一九九四年十二月四日

法书要录　唐　张彦远

市总工会秦建中寄赠,可感念也。

一九九四年十月二十一日

冷庐医话　陆以湉

近日以此为事,已近一月矣。

一九九四年十一月十一日

两般秋雨盦随笔

一九九四年十一月廿六日

书名阙如之一[①]

初购此书归,浏览数则,颇觉其浅薄。余以为随笔之作,以实践经历为主,书呆子或富贵子弟所作,必流于肤浅。此亦纨绔子弟之作,即如一般名士,如随园[②]所作,亦陷于浅薄。

一九九四年十一月廿六日午饭后记

古泉丛书 下 三种

余幼年时,犹用铜钱,现身边已无一个铜钱,而有关于古钱之书六种。今晨起糊两个纸套,封藏之,

[①] 以下之一、之二、之三,据"手迹"本,然其本亦不见书名。但在《甲戌理书记》将这三则归于《两般秋雨盦随笔》之下,其文字是据之改写的。

[②] 随园,袁枚(1716—1797),浙江杭州人,字子才,晚年自号随园主人,清代中期著名诗人、诗论家、散文家、文学评论家,著有《小仓山房文集》《随园诗话》等。

其中李竹朋①之书,印装何其精美。而戴熙②之书,乃余过去所手补者。

一九九四年十二月五日

如来应化事迹　光绪二十三年石印

据序言:此书原有明刻本,后经清镇国公永珊③改绘图画,重新刻版。"明本名《释氏源流》",已不可见。清版光绪年间,改为石印,文字已为写体。近闻上海古籍印行此书,价三十七元,姜德明来信劝买,盖彼不知余有此原本也。

一九九四年十二月十四日

---

① 李竹朋,清代人,国学大师,著有《观古阁泉说》又名李竹朋续泉说一卷,藏天津博物馆。其他不详。
② 戴熙(1801—1860),浙江杭州人,清代官员,诗书画有名于时,著有《习苦斋画絮》《粤雅集》等。
③ 清镇国公永珊,乾隆镇国公永珊,爱新觉罗宗谱,"三子永珊"。《释迦如来应化事迹》四册,清永珊编。蔚州(河北张家口蔚县)高院墙玉泉寺板。

茶香室丛钞

其自序云："……老怀索寞，宿疴时作，精力益衰，不能复事著述。而块然独处，又不能不以书籍自娱……"余读之有同悲矣。

一九九四年十二月廿一日
重装《茶香室丛钞》后记

明夷待访录 [①]

当系丛书零种，然原刻字体端正，故影印亦清楚可喜。此书清末民初颇流行，余在中学即知之，盖宣传民为贵也。

[①] 此则文末未注明日期，据《甲戌理书记》所记，理书日期为"甲戌冬"，故今置之1994年之末。理书记据此则文字作了补充。

一九九五年

清代文字狱档（共九册原版）

血泪斑斑文字狱，自投罗网尤可悲。
刑部文书今得见，欲加之罪总有辞。

乙亥正月十四日

消息多因小人报，文人处世应细思。
当晚续记：
文人自古多冤孽，展卷犹闻拷掠声。
诗词不过一纸轻，祸发即能倾万家。
鲁翁曾经称此书，九卷原印尤难得。

吾学录初编　一　吴荣光　撰

道光十二年　同治庚午江苏书局重刊
凡例　目录　卷一——卷四
典制　政术　风教　学校

此书盖当时不知内容，以为是笔记购进者。

一九九五年二月十八日重装并题

吾学录初编 二 卷五—卷九

贡举　戎政　仕进　制度　祀典

此书主要摘录《大清会典》而成，由此可知当时社会风习，亦不得谓无用也。

吾学录初编 三 卷十—卷十三

祀典二　祀典三　宾礼　昏礼

吾尝思如不革命，吾亦不能乡居，不能适应当时旧风俗礼教，亦必非常痛苦，而不为乡里喜欢。既不能务农，稍识字即被歧视，此余所习见也。

吾学录初编 四 卷十四—卷十六

祭礼　丧礼　丧礼二

吾出征八载,归而葬父;养病青岛,老母去世未归;"文化大革命"时,葬妻未送。于礼均为不周,遗恨终身也。

海上花列传

一九九五年二月二十二日,×××① 赠。

此虽名载小说史,然余从未想读过,此下流之书也。不能以之教育子女,插之书架,亦不增加书房光辉。

品花宝鉴(上)

××× 赠,一九九五年二月二十二日。

新潮小说不足以争(征)服群众,于是请出这些作品作为文化食粮,可叹也夫。

品花宝鉴(下)

××× 赠,一九九五年二月二十二日。

---

① 《海上花列传》《品花宝鉴》(上、下),赠书者,故隐其名。

清代世情而传播于九十年代，不亦谬乎！然今之世情，近于是矣，故此等书得以印行也。

曹丕集校注

夏传才　唐绍忠

一九九五年三月四日上午，吴云[①]代赠。

此包书纸为《人民日报》大样纸，刘梦岚[②]携来，余惜其洁白，未忍弃之，就用之包书则易污，亦不宜也。又因曾剪下余之文稿，纸有缺处，今用同样纸补之。盖闲来无事消磨时间也。

汪悔翁乙丙日记　排印本
郭天锡手书日记　影印本

郭氏日记，本为书法，而古典文学出版社印之，而又不根据排印本（有二种及一简本）。书写体不易读，只能当作书法欣赏。草字又有很多认不清，苦

[①] 吴云，天津师大教授。
[②] 刘梦岚，人民日报文艺部记者。

事也。

丁(乙)①亥三月

使西日记　影印本
秦輶日记　刻本(西泠印社吴氏聚珍版)

近日理书,检及日记,此二种过去读过已忘记,以为未读,及见书皮文字,方知近年记忆力之衰退也。

丁(乙)亥三月(一九九五年四月十八日)

---

① 乙亥是旧历,公元是1995年,作者笔误为"丁亥",今改之。下同。

跋尾及其他

　　编者按：孙犁的"书衣文录"，是其平日写于书衣上的文字，抄录下来，略加整理，以书为目，前后汇集发表多次。但随时抄录，随时发表，并没有以写作时间为序。一九七九年第一次收入《耕堂杂录》一书时，写了《序》和《跋尾》。其后再抄录出来，发表时又写了《小引》《再跋》等导语或后记。本书把"书衣文录"全部按时间顺序编次，将一九七九年之《序》作为全书总序，其余诸篇依次罗列如下。

跋　尾

一九七五年，有同居于一室者离去，临别赠言：

"现在，阶级关系新变化，得确信，老干部恐怕还要被抄家。你在书皮上写的那些字，最好收拾收拾。"

余不以其言为妄，然亦未遵行之。后虽有被专政加强之迹象，幸无再抄家之实举。今"四人帮"已矣，雨过天晴，此等文字竟得辑录发表，实出人意料之外也。

呜呼，巢居者察风，穴处者虑雨。彼人可谓居不忘危，择枝而栖者矣。

一九七九年八月二十六日，时浮肿加剧，录此以忘病痛。圣人不以感私伤神，《吕氏春秋》之教。

书衣文录

前有此录，已印行矣[①]。续有所得，仍辑存之。体

[①] 指《耕堂杂录》一书。

例不变。

一九八四年三月二十日，作者记。①

小 引

余前辑存书衣文录，近二百条，已刊行矣。去冬整理书册，又抄存前所未录者若干条。前之未抄，实非遗漏。或以其简单无内容；或有内容，虑其无关大雅；或有所妨嫌。垂暮之年，行将已矣，顾虑可稍消。其间片言只语固多，皆系当时当地文字。情景毕在，非回忆文章，所能追觅。新春多暇，南窗日丽，顺序排比，偶加附记，藉存数年间之心情行迹云。

一九八六年三月四日记

---

① 一九八四年四月十一日、十八日、二十一日，在《天津日报·满庭芳》发表，分上、中、下（收入文集时改为一、二、三），作者在《书衣文录》题下加的导语。

书衣文录再跋 ①

余向无日记。书衣文录,实彼数年间之日记断片,今一辑而再辑之。往事不堪回首,而频频回首者,人之常情。恩怨顺逆,两相忘之,非常人易于达到之境界也。堂皇易做,心潮难平。时至今日,世有君子,以老朽未死于非常之时,为幸事。读文录者,或可窥见余当时对生之恋慕,不绝如缕,几近于冰点,然已渐露生机矣。

一九八六年三月六日晨起改讫记

书衣文录撷遗

余已数次辑印书衣文字矣。尚有遗漏及当时顾虑

---

① 一九八六年三月二十九日、四月二日,在《天津日报·满庭芳》以《〈书衣文录〉拾补》为题,分上、下两次发表。上,在题下写了引语《小引》,下,文末附《书衣文录再跋》。

未发表者,再抄存之。新作数则亦附。

一九八七年四月

(此为孙犁生前最后一次发表《书衣文录》时写的导语)

理书记

甲戌①理书记

一九九三年夏天，孙犁已八十高龄时，做了一次胃部切除大手术。半年后，即很快康复，他在《读画论记》一文中说："大病之后，身体虚弱，找出一些论画的书来读，既不费脑筋，又像鉴赏字画一样，怡乐心神，我以为是最合适不过的了。"该文篇末注曰："一九九四年三月十三日（阴历二月初二）……盖自旧历年后，余开始读书、为文，已近一月矣。"又半个月后，他开始整理平

---

① 甲戌，1994年。

时写于书衣上的文字,并说"大难不死……自当努力,散放余光,使之有所辉照"。可见他的笔耕热情,真是感人至深,令人钦佩。这些文字,虽取之"书衣文录"加以充实改写成,仍以书为目,总标题《甲戌理书记》;主要是读书笔记,却不乏是日"心情行迹"的记录。一年多的时间里,前后整理了四次,分别发表于《天津日报》。

《甲戌理书记》共四记,是孙犁生前最后亲自发表的文字。个别篇目与"书衣文录"相同,为保持原貌,亦不作改动。

—— 编者

佩文斋书画谱
内府印本线装六十四册价二十五元

此书购置已多年,以其浩瀚,从未细读。今值大病初愈,既读画论诸书,且有文字矣,又念及是书。近日屡拆屡捆,已三次,决心未能下。今晨又打开,并为首二册包装,希能浏览一过,稍长关于书学之知识,日后或能有所论述,与画论配套。呜呼,大难不死,平生多次,上天既不厌其生存,自当努力,散放余光,使之有所辉照。

一九九四年三月二十九日上午耕堂记

定香亭笔谈

阮元①著。此达官贵人之笔记也。所记无人民生活,更无其疾苦。全部为风雅之事,加以宾客满园,偶有谈吐,即有人捉笔记之;偶有吟咏,即群起而唱和之。诗词满篇,都为歌颂而作;名流如鲫,皆为附骥而来。每册皆有记录之名,真可谓笔记著作中之阔气者矣。

一九九四年十二月十五日记。(第一册)

---

① 阮元(1764—1849)扬州人,扬州学派主要代表人物之一。在诸多领域都取得了瞩目成就,著作有《十三经注疏汇要》等。

此卷钱塘陈鸿寿录,不知是否即画家也。三卷录者为仁和钱福林;四卷为钱塘陈文杰;一卷为嘉兴吴文溥。卷首有阮元嘉庆五年序,版成亦在此时也。

同日又记。(第二册)

此书购回后,多年未读。近日整理木版书方找出。见书皮残损,乃为之包以毛边纸。此系扬州阮氏琅嬛仙馆原版,亦可珍也。

(第三册)

此书纸敝,板片漫漶,原主人圈点殆遍,并有抄补,亦读书人也。其藏书章为"暂留吾家",亦可谓达者矣。书皮为单页,已朽残,多补贴,不知是否我购回所作。原装订者如此偷工减料,原主人必系清寒之士。

此书购自津沽,我进城后,大买旧书,减去书贾多年陈货,使其有利可图,并暗中庆幸遇此大老憨,亦津门书市逸事之一端也。

(第四册)

此书一函四册定价五元。书签空白,今日题写之。余尚有《小沧浪笔谈》亦阮元作,性质相同,版本亦类似,用纸稍差。

粤东笔记

李调元[①]辑,会文堂石印,线装四册。留此书,可观当时出版界之一格:即向大众普及,向乡村及小城市开扩。纸张粗劣,价格极廉,然于传播文化知识有功,绝非今日印坏书,坏人心者可比。

余近来整理旧书发现:旧书所用中国纸,即使为次等纸张,其寿命亦超越报纸百倍。甲戌。

妙香室丛话　屑玉丛谈

申报馆仿聚珍版笔记二种。此等书见于鲁迅书账,余从上海邮致数种,现仅存两种,其他已送人,恐散

---

① 李调元(1734—1803)四川德阳罗江人,清代四川戏曲理论家、诗人,著作有《童山全集》《曲话》《剧话》等。

失矣。每种册数、厚薄相同,盖于设计,亦费一番工夫矣。

甲戌。

明夷待访录

共二册,影印本,当系丛书零种。然原刻字体工整,故影印亦清楚可喜。黄梨洲此书,清末民初颇流行,余在中学即知之,盖宣传民为贵也。甲戌冬为作一简易书套,并题书签。

湘 军 记

光绪十六年袖海山房石印,四册。王湘绮之"志"出,曾国荃不满,乃请王定安为此"记"。湘绮之志,为曾纪泽所请;曾氏兄弟间意见不同,已延至第二代。曾国荃为此书作序,谓为传闻异词,实系主事者之相违耳。出版说明,谓为据木版影印,甚不似,恐系写印。甲戌冬月。

余另有王氏《湘军志》,四川土纸印本,一函四册。

秦淮广记

缪荃孙①辑,商务大字排印本,线装四册,余前有题识。以缪氏之学识,而有暇辑录此等材料,人可誉之为别有见解。然终是大材小用,不足为训。其后亦有大学者,致力于琐琐,人虽不言,其书亦多不行。

甲戌。

庸闲斋笔记　柳南随笔

余既以多种石印书送人,今手下只有此二种;系扫叶山房印本。书无大用,只存该山房印书格式。

清末民初,石印方便,传奇及笔记小说曾亦泛滥,观当时书籍后之广告可知。然能传至今者寥寥,盖佳

---

① 缪荃孙(1844—1919)清江阴人,目录学家、金石学家,生平精研文史,又喜藏书、刻书。《清史稿》总纂之一。

作少，而无内容者多，必遭淘汰。

甲戌冬。

知不足斋丛书（第三集）

余有多种《知不足斋丛书》，有原刻，有翻刻，有石印，多为零本。此为一整集，而又系原刻，故珍藏之。

又零本三种：农书一册似原刻，其他为该丛书之二十四集，则系尾声矣。纸墨较差，然亦不能遽定为翻刻。时期不同，条件较差耳。

《知不足斋丛书》，为有清一代丛书之最佳者。出书最多，亦最有价值。书多实用，每书有跋，即"编后记"，鲍廷博氏之精细用心，实开鲁迅编印书籍优良作风之先河。鲁迅于二十年代，仍购进北新书局石印《知不足斋丛书》一部，可见其对此丛书之垂青矣。

北新石印本，余存十余种。

甲戌。

清人考订笔记

线装八册。无用之书。明知无用,而仍印行。好古之士,无时无有。有人印,即有人买,又怪何人?

甲戌。

张大千① 生平和艺术

一九九四年六月八日下午,卫建民寄赠。书印于一九八八年,云购于旧书摊,然书甚新,如未触手。建民知我性格,不会寄脏书给我。当即用彼包裹纸装之。闷热,雨短时即停。

余自作《读画论记》,内涉及中国绘画发展史,恐有失误。今读此书,余所作时代划分,尚与大师主张相吻合,乃一块石头落地。

---

① 张大千(1899—1983)四川内江人,国画大师,绘画、书法、篆刻、诗词,无所不通,开创了泼墨、泼彩的新风格。徐悲鸿称他为"五百年来第一人"。

建民后又寄一册,近人所作中国绘画理论发展史,余兴趣已转移,遂将书转赠他人。

甲戌。

涵芬楼秘笈(一、二、三、七集)

此四套书,购于南开某马路。路旁有一破废大车,上面散放一些书籍出售。此等书,本各有布套,售者惜布而轻书,将布套留下,只抛卖书。书价甚微,每集六角。余抱回家,已放置多年矣。病后无聊,很少看书,然终日无所事事,亦甚苦恼。乃偶作此等简易书套,以护易损之书。时至迟暮,仍眷眷如此。余与书籍,相伴一生,即称为黄昏之恋,似亦无所不可也。

所谓秘笈,亦甚难言。纪晓岚[①]所谓多读秘书,是指皇家所藏,外界轻易不得见者。后人所谓秘笈,则有好有坏,有些书商,甚至以"秘本"招徕,欺骗读者。故对所谓秘笈,不要过于迷信。一切有价值著作,

---

① 纪晓岚,河北省献县人,清代政治家、文学家。曾任《四库全书》总编纂官。

易于流行传世；一切价值不大之书，保存者少，成为孤本，或成为秘书，亦不足为奇。验之今日作者，动不动即慨叹当世之人，不识彼之天才，书卖不出，即声称藏之名山，寄希望于将来，此等想法和志向，恐亦有验有不验耳。

甲戌。

牧斋初学集

此书原用古学汇刊书套，昨日改题书签，误将初学写为有学，又更易重写，实无事找事也。晚听广播，姚依林同志逝世。一九四五年冬，余从张家口返冀中时，去北方局组织部办理手续，曾见一面。彼时同志之间，识与不识，何等热情。今晋察冀故人，凋谢殆尽，山川草木，已非旧颜，回首当年，不禁老泪之纵横矣。

一九九四年，十二月十三日晨，修理《牧斋初学集》，砚有余墨，袋有碎纸，乃题数语，贴于卷首。

世说新语

思贤讲舍本,余尚有《荀子集解》,亦为该社刻印,可靠之本也。

一九九四年十月十九日。今日晴暖,制此书套,并晒衣被。

十国春秋

一九九四年十二月五日,余检书至《十国春秋》,忽见书衣上有连日所记与张离异前之纠纷,颇伤大雅。乃一一剪下,贴存于他处。《书衣文录》发表时,亦检及此书,现查阅《文集》,只摘录其中数语。以后因此书部头大,很少拆阅。今年老,念及身后,故使之与书本脱离。

呜呼,余一生轻举妄动之事太多,身心受祸亦不少,过去之事,亦不愿永存记忆。然仍贴存之,以警来日。来日虽无多,亦不无意义也。

扬州画舫录

昨晚修理此书,又查对中华排印本。排印本在灯下读,已模糊不清,方感此旧本对我之可贵。近年新书新刊,已无可读者。前些年所买古籍新印本,又将因目力日衰,而不能读。余又不能一日无书,则进城后所滥购木版书,即将成为目前唯一之精神支柱矣,可不宝之!

一九九四年十二月二十日下午。

此本虽非初印本,然亦不易得矣。

蜀　碧

彭遵泗[①]著,版破损,字漫漶太甚。

前读《鲁迅日记》,许钦文[②]曾送此书一部与他。

---

① 彭遵泗,约公元1740年前后在世,四川丹棱县人,清代诗人、学者,著有《蜀碧》《蜀中烟说》等。
② 许钦文,现代著名作家。

后先生著文，引此书，谓张献忠等杀人太多。近代颇有人讳言之，甚不必也。张流入四川后，杀人更多，几以杀人为战术之一种。此等现象，历史多见。甲戌。

蜀　典

余胡乱买书之时，于劝业场①对过古籍书店，购得《蜀典》二册。破损甚多，纸亦薄脆。原堆于货架之上，无人过问。余喜其字大行稀，拟携归修理。然经验不足以治此，所用衬纸太厚，破页又太多，修补之处，高高突起，难以平整，实不雅观，亦不便阅读。乃拆毁之，用以垫书。今日忽又惜之，叠在一起，差足一卷。

其内容为：故事，姓氏，堪舆，著述各项，皆系辑录旧闻，成为《蜀典》。然已不全，装订亦不易，先收入此袋，俟收集全，再作处理可也。

一九九四年三月二日下午记

① 天津市"文革"前最大的商场。

昭陵碑林书法集锦

陕西礼泉赵君①，先后来信，并寄画册、字帖等。又求当地画家孙君作白菜萝菔一幅，为我祝寿，情意可感。去年寄去字一幅，失邮。今又寄去一小字幅，未审能到达否？此帖即赵君寄赠，下午无事包装并题记云。

一九九四年一月二十九日

又：此君后又来函，有所商谈，余因故未及时作复，音问遂断。交友之道，余甚疏忽也。

阅微草堂砚谱

河北省沧县筹印《纪晓岚全集》，邀余为顾问，赠以此册。

余向来不当顾问。然报社之顾问不能不当，因系饭碗所在处。中国作家协会之顾问，不到下届改选，

---

① 赵君，赵润民，西安文学爱好者。

亦无法辞掉。此顾问乃柳溪①代允，亦不得不当也。

文人好砚，以其为本身工具也，又以其为石也。此亦物恋，实难言矣。米元章得徽宗端砚，至以朝服包之，不畏墨污，此公爱砚可谓第一等矣。

一九九四年三月十九日记

古砚多笨重，不便携带，未知旅行及进考场，所用形制当如何。近友人赠以井冈山所制小砚，盛以竹盒，砚亦薄小，可知古时亦必有此等轻便之物也。

进城后，小摊多有端砚出售，价甚廉。余以其无用，所收甚少，并随手赠人。只留两方，一购自南市，一购自荣宝斋。皆端砚，方整秀美，石色亦佳，并有硬木盒装。近为《南方日报》写字一幅，竟获赠一方端砚，石质已不如旧产，然以余之字换得，亦可谓厚赠。

山东常君②，数年前，赠一方红丝砚，甚美观。今查纪氏砚谱，亦谈及红丝砚，然谓青州红丝砚，早已

---

① 柳溪（1924—2014）河北献县人，纪晓岚之后人，著有《战争启示录》等。

② 常跃强，山东青年文学爱好者。

绝迹，纪氏当时求之，已甚难得。不知何以近日又有出产，方便时当向山东朋友询问。

墨巢秘玩宋人画册

书籍翻完翻字帖，字帖观厌观画册。书法画法两外行，艺术之事漫商量。

一九九四年六月四日记

宋代画院，作者如林，待遇优越，作品丰富。然绢素生命不长，且加国家多难，兵火损失，逐年减少，至今只存零缣片羽，收藏者珍贵如此。再越若干年，则并此亦将不存。当时画师，争奇斗艳，心血所钟，竟如此短暂，即告消亡。艺术之局限性，亦令人无可奈何矣。

自印刷术兴，中国古老文艺，得以延续生命，并可广泛流传，此科学救助之力，科学之可贵，正在此等地方见之。

同日记

《宣和画谱》只存名，历代名画已成灰。所存碎裂，并无款识。收藏家判定为谁所作，恐亦不可靠，聊以慰藉后人思古之心耳。沧海桑田，当是常见之景，画幅小事，尚须论乎！

次日又记

商务印书，无论字帖画册，只要有传播价值，皆不惜工本。此册乃双层宣纸精印，后来无有也。

此册封皮，有余修补痕迹，当年有工具，有各色旧纸，亦有时间去干这种勾当。今日思之，怅然自失。

顾恺之画女史箴

一九九四年六月八日重装。近日不能静坐读书，乃觅出一些画册整理。此册原曾修补，今又为包毛边纸皮，稍为洁净，以美观感。

此如系真迹，则中国画法之传，源远流长，不绝如缕矣。余幼年逛庙会，见壁上所绘男女，衣饰风度，无不如此，师徒一线相传，千古不变。

同日记

华新罗写景山水册

甲戌夏装。余后半生与旧书打交道多年，所受污染多矣，此亦老死而无悔之一途乎！砚中墨干矣，可以无言矣！

这些画册，都是六十年代，从北京中国书店邮购而得。文明书局所印字帖画册甚精。鲁迅先生居沪，所逛书店，文明为常去之处。兼售旧书，故有时先生一人进去，留夫人及海婴于店外，恐小孩受旧书尘垢污染也。今日装成，忽忆及此。

一九九四年六月四日记

石涛画东坡时序诗册

甲戌夏装。东坡诗多凄苦内涵，然又强作洒脱。

处寂寞之境，而寻觅慰藉之情。为宦不顺，而关怀庶民之事。有感即发，不作隐晦之态。此种意境，甚宜石涛作画也。闲时当细玩之。

一九九四年六月四日题

石涛山水册页

人随世变，情随事迁。

余近日始读石涛材料，知其明末王孙，楚藩后裔，流落为僧，精于绘事。至政局稳定，清朝定鼎之后，此僧北游京师，交结权贵，为彼等服务，得其誉扬资助，虽僧亦俗也。乃知事在抗争之时，泾渭分明，大谈名节。迨局面已成，恩仇两忘，随遇而安，亦人生之不得已也。古今如是，文人徒作多情而已。曹雪芹有见于此，故借袭人，说出一句"名言"。

余少见真迹，此册略见石涛风格。其画法，简洁而淡远，笔墨纯熟如天成。开卷其作风自现，无第二人可比，此谓之创意。

一九九四年六月四日记

铁桥漫稿

有虫蛀而不易修,望之兴叹而已。

一九九四年十二月三日

古泉丛书(上)

山西杨栋①,过去送我四十枚铜钱,我早想还给他。今秋,他来看我。我第一件事,就是还他铜钱。结果,翻遍木匣,一次,二次,第三次方才找到,甚矣老年之忙乱善忘也。

一九九四年十二月五日

古泉丛书(下)

余幼年时,犹用铜钱,现身边已无一个铜钱,而

---

① 杨栋,山西青年作家,已故。

有关于古钱之书六种。今晨起，糊两个书套封藏之。其中李竹朋之书，印装何其精美！而戴熙之书，乃余过去所手补者。

一九九四年十二月五日

附一九九二年题书二则：

宋司马光通鉴稿

一九九二年九月十九日，九馀老人装。

余自七十年代起，裁纸包书近二十年，此中况味，不足为他人道。今日与帮忙人戏言：这些年，你亲眼所见，我包书之时间，实多于看书之时间。然至今日，尚有未及包装者。此书即其中之一，盖书太大，当时无适合之纸耳。

宋贤遗翰

一九九二年九月十九日装。

此过去故宫博物院出版物，印刷精良，为当时先进，鲁迅曾称许之。

故园消失，朋友凋零。还乡无日，就墓有期。哀身世之多艰，痛遭逢之匪易。隐身人海，徘徊方丈。凭窗远望，白云悠悠。伊人早逝，谁可告语。

一九九五年一月二十九日上午抄讫

理书续记[1]

两般秋雨庵随笔

清·钱塘梁绍壬撰。光绪十七年汪氏振绮堂版,共八册。

梁氏此书,余幼年即知之。此书与当时流行之《秋水轩尺牍》,名声很大。其实皆名不副实,不知为何能名噪一时也。盖读书人,亦分层次,其修养素质,则如宝塔状,其根基越广,人数越众,受教育的机会越

---

[1] 这一部分及其以后,大都是1995年上半年整理的。

少。群众需要普及的文化,则通俗者能传远,亦能畅销,书籍为商品,易懂易看则购者认为实惠有用,故声名大,卖得多。

余购此书,重其版本。前有汪适孙序,书的纸张印刷,仍有振绮堂丛书余韵。初购此书归,浏览数则,颇觉其浅薄。余以为随笔之作,亦必以实践经历为主,穷文人或富贵子弟所作,必流于肤浅。因穷文人所见不广,而纨绔子弟之作,又必流于轻薄也。即如一般名士,如随园大名,其所为笔记,亦陷于浅薄。

余藏有商务排印本,宋元小说大观多种,其作者皆为有政治经验,或经历过社会大变乱的学者。其所记述,皆为一代故实,有益于人生,无一字空泛,更无卖弄学问之意。每册后有夏敬观所作校记。明清之作,能与之比者已寥寥,况近代乎。

近代人粗通文字,写两篇小说,即成为名作家。既不去读书,亦不去采访,自己又无特殊经历。但纷纷去作随笔,以为随笔好作,贫嘴烂舌,胡乱写之即可。其实随笔最不易写好,它需要经验、见解、文字,都要达到高水平。而且极需严肃。流俗之辈,以为下笔即可换钱,只是对随笔的亵渎。

随笔既被人所践踏，亦如其他文章，一代不如一代。此亦九斤之见，必为弄潮儿所笑也。

余好听鼓书，很少听评书，今年先后听评书三四部矣。近人所说评书，亦吸收现代语言，注意人物性格塑造。余因无书可读，乃退而听评书。近听《隋唐演义》，最有趣味。因曾购此小说而未读，赠与映山。近又读隋唐正史，颇欲知此小说之结构也。

一九九四年十一月二十六日午后记，边听评书

鲁岩所学集

清·张宗泰[①]著，共八册；附《余事稿》《交游录》各一册。民国二十年模宪堂重刊。

今日大风，入冬以来，天气偏暖，多雾少风，时又阴雨。今西北风至，冬寒将临矣。近日读目书，今晨翻《清代文集篇目索引》，见此书细目，乃取出，又发见未发表《书衣文录》一则，遂抄出，放回。下午睡

---

① 张宗泰（1776—1852）河南鲁山人，藏书家、学者，著有《鲁岩所学集》等。

起，又取出拟重读之。

一九九四年十二月一日下午

今日检书，见书皮题字，多为一九七五年至一九七六年。盖此二年，心情烦乱，无日不以此为事也。其间一九七五年春，家庭多事，情感尤其波动，如无书籍为之消遣，不知将又如何度日也。同上。

作者一生，州府教授，是一个真正的书呆子，所作几乎都是读书札记，然阅读范围甚广泛，读书甚精细，独自有见解，故成就如此。阮元称其为"古朴之至，闯然农夫也"。又曰："足下为人所不为，读人所不读之书，真所谓天机清妙者。凡所论著，皆不急之务也。"此为达官贵人，对穷酸秀才所作评语，既有其赞美超凡之意，也说出书呆子穷极无聊的一面。然而，这是一种现实，历代而不移。说者无恶意，听者亦不后悔也。

作者自序："余于凡百玩好，无所动心，顾独喜读书，如啖蜜然，中边皆甜，祇觉有不尽之意味，浸淫于胸臆间，而莫能自已也。"这是肺腑之言，然也是书呆子的受病处。受病不深，则吐言不实。

孙葆田[①]后序称先生："学问质实，非如世人之炫博矜奇也。"正因为质实，故其书得以传世。历史不会收留空腹高心，欺世盗名之作。

曾记郑振铎颇喜此书，谓可随身携带。书可随身，可知爱好之至，有用之极也。

余所藏似为新书，甚可爱。今见书皮洁白，想在上面写些字。但纸质不佳，不吸墨，思想亦枯涩，无词可书，徒事抄写，可叹。

李文忠公外部函稿

"文革"前，自南京古旧书店邮购，线装十四册，价十元。有木夹板，已破碎，余黏合之。夹板上原有题字：即译署函稿。都是李鸿章寄交总理衙门的信函、文件和译件。光绪壬寅孟冬，莲池书社印行。书页夹缝，有"三号印一千"字样。

此书为桐城吴汝纶编辑，扉页题字，出自他的手

---

① 孙葆田（1840—1911）山东荣成人，清末官吏、学者、藏书家，著有《孟子编略》《汉孺传经考》等几十种。

笔,柳颜兼备。吴为清末古文大家,李鸿章得力幕僚,这些函稿,恐怕大部为他所拟。时间起自同治九年,止光绪二十年。

这一时期清朝处于外交多事之秋,蚕食瓜分,无日无之。朝廷处于惶惶不可终日之境,人民陷于水深火热之中。外侮日深,束手无策,群众起而反抗,反遭政府镇压,甚至滥杀本国人民,为帝国主义泄愤。民心失望,民气大伤,国家命运,已不可问。

当时李鸿章任直隶总督,通商大臣,实际上是清政府总理各国事务衙门的高参,但不能决策。政府倚靠他,又不完全信任他。曾国藩、左宗棠一些老人,已经退去,李鸿章以办理洋务,成为重臣。曾、左、李都是镇压太平天国的干将,他们屠杀起义人民有经验,但对列强入侵,则只有退让容忍。一步一步地向后退,一方面给清政府"保留面子",一方面又不敢过于激起民愤。处境十分狼狈,内心十分矛盾。

当时所谓洋务,实际就是传教、通商。外交则是割地赔款。读这部函稿,大者如天津教案,日本侵台,朝鲜事件,越南事件,派人员出洋学习,购买枪弹船炮……同时中国土地之上,不分水陆,无时无地,不发生洋务、外交事件。交涉，谋划，又无不是丧权辱国的结局。

事情已经过去很久，有很多悲惨景象，已被历史风雨淡漠。唯有城市乡村，残存的那些建筑、遗迹、口碑和传说，还包含着民族的抗争、屈辱和血泪。

书用粉连纸三号铅字排印，有栏格，颇清晰。书亦完好，只有一处虫蛀，破损二三页，书鱼做一窠，蜕化而去。

书出自南京，当为国民政府外交人员所用。然利用亦不多，一处用红墨水勾划，系李鸿章与伊藤博文对话。当年正是与日本外交频繁之时也。

此书对余本无用，然曾修整包装于一九七六年二月一日灯下，今又将第一册书皮上文字剪去，并浏览数日。清末外交，已如过眼云烟，所留存的事件详情，外交对话，皆反映一代真实，使后之读者，不无感慨。保定莲池，为余幼年旧游之地，过去只知有书院，不知有出版机构，此书之外，尚有何书，亦未详也。

一九九五年三月十四日记

章氏丛书①续编

无书可读，昨夜忽忆及此书，或有可读文章，今晨找出，实无可读，前已有记述矣。正如鲁迅所说，其门弟子编辑此书时，尽量把他们的老师，打扮成当代大儒，纯而又粹，所收皆"皇清经解"式文章。章氏晚年所作短文，竟无一篇生动活泼者存世。是章氏不为乎，或编入他书，余未见乎！实可怪异。

一九九五年三月二十二日

《品花宝鉴》等新印本

新潮小说不足以征服群众，于是请出这些作品，作为文化食粮。评论家以"清代世情小说"推荐之。清代

---

① 章太炎（1869—1936）浙江余杭人，后易名为炳麟，学者、思想家，研究范围涉及小学、历史、哲学、政治等。在苏州设章氏国学讲习所，著作甚丰，有《章太炎全集》。

世情，传播于二十世纪九十年代的人民共和国，不亦谬乎！然今之世情，近于是矣，故此等书得以流传也。

此等书虽名载小说史，然余从未想读过，更从未想买过。既不能以之教育自己，又不能以之教育后人，插之书架，亦不能增加书房光辉。

此下流之书也。开放以来，各地出版社竞印过去禁印之书，有些竟不知是何等书籍。而不在扫黄之列，盖即所谓"擦边球"也。

一九九五年三月二十二日

金石学录

清嘉兴李遇孙[①]辑，道光四年原版，西泠印社用活字复印，上下两册。从南方邮购，价只一元五角。今日为制简易书套封存之，并题数语。

今日取《金石文钞》，此书同捆一处，纸张印装之精美，今日所不能见，见亦不能得。余购此等书时，

---

① 李遇孙，浙江嘉兴人，约公元1808年前后在世，通经史，嗜金石，著有《括苍金石志》等。

尚无人顾及此也。然细观其内容，亦不过抄录他书，无深刻之见，说不上是学问，只能作清谈之助耳。

一九九五年三月二十三日上午

金石文钞

余近日读《汉西岳华山碑》，想查阅其全文，今晨检及是书，该碑已收入都穆《金薤琳琅》，此书无有也。《金石文钞》一书，似见于鲁迅书账。余所购者为新书，非别人看过，盖系印书人家库存，后流入上海书肆，故鲁迅得购于三十年代，余于六十年代，又能从上海邮购也。

《金石文钞》八册，《续钞》二册，泾县赵绍祖辑，原刊于嘉庆年间，有法式善序，为赵氏古墨斋十五种之一。余之所购，系其从侄书升，重刊于咸丰庚申，又有光绪二年潘祖荫序，可见刷印不只一次也。

一九九五年三月二十三日上午记

余喜读碑帖，而患其字体不清，文字不全。曾购《金石粹编》一部，以便查考。该书系石印本，字体缩小，老年已不便阅读。乃又购《金石文钞》一部，以图补救。此书系在上海邮购，书到后方知系续都穆之《金薤琳琅》，汉碑多在都书，此书所抄寥寥。但唐碑仍不少，失望之余，尚可稍慰。唐文亦是古文，可供好古者无聊时念诵。余对此道颇无知，购书亦不细检书目，故常常买来一些不如意之书，然此书字体颇大，便于阅览，纸亦洁白，有可爱之处。近日无事，为制简易书套二，分为上下两函储藏之。

一九九五年三月二十四日记

古刻丛钞

近日读《金石文存》，法式善序，谓陶宗仪《古刻丛钞》甚佳。余忆及存有此书，在《知不足斋丛书》零本中。昨晚找出《四库全书提要》称：金石之书，贵在文字，不在目录。此书钞录全文，使古刻得以流传，故可称也。

欧阳修、赵明诚之书，价值非不高，然只有目而无文字，彼时所得见者，今已无处去寻觅，故可惜也。亦遗憾难补之事也。《金石文钞》诸序，极称洪适《隶释》及都穆《金薤琳琅》二书，以其皆录有文字。

《金石粹编》号称全富，然所收时有遗漏，此余所发见也。后人亦多有微词：一为晚年所为，精神照顾不及；二为错误不少。看来集体著书，其弊甚多，实际无人负责也。余对此种学问，纯属外行，不敢妄议，只能鹦鹉学舌而已。

一九九五年三月二十五日下午记

爱晚庐随笔

近人张舜徽著，湖南教育出版社，一九九一年版。

湖南出版局李冰封君赠，余为之书一条幅，以此为报也。此书印数七百五十，而仍有余书，可为赠品，可叹也。

余放置案头，已有半年，时常翻阅，认为很有价值。书分《学林脞录》《艺苑丛话》两部分，均为笔记性质，内容广泛，经史文艺，无所不包，尤于近代史料为详。所记充实有据，为晚清以来，笔记所少有，而书之命运，竟不入时如此。非著作之过，乃社会、文化风气之过也。

旧称士、农、工、商，当然社会有分工，不能人人都去读书，那样将无衣无食，没法生活。然社会也总得有人读书，而读书也总得有个实际要求。现在讲发展教育，讲尊师重教，讲尊重人才。而课堂、出版，已成买空卖空之势，纸张都用来印了无用有害之书，真正有学术价值的书，竟卖不出去，这里面的道理，实在难以说清了。

余孤陋，不知张氏学历、生平，询之在大学教书之姚大业①君，得知为历史学家。从其自序中，知有著作多种，然姚君亦不能告知其详也。

一九九五年四月四日上午

---

① 姚大业，在河北师院读书时，是孙犁的学生。

吴组缃[①]材料

《新文学史料》，1995年第一期，载有关吴氏文章共十三篇，余毕读之。

吴氏创作，崛起于三十年代之初，《一千八百担》最有名。然余对吴氏作品所读甚少，印象亦不深。因当时迷恋革命文学，向往草野作家，认为吴氏小说是科班出身，大学生作文，故注意不够。其实吴氏创作严肃认真，此从材料所知，后人有定评也。然后来颇羡慕吴氏能为冯玉祥国文老师，以为遭遇非凡。近年读吴氏回忆，虽亦有怀恋之情，然此差事，实际亦甚苦。吴氏一典型书生，正值青年，国家亦处在多事之秋。而冯氏当时已是下野军阀，性格、经历、想法，差异必很大，相处实不协调，虽冯氏礼贤下士，在那个圈子里工作，如果不是为了挣点钱，恐怕不容易混下去。后终于决裂，辞职不干，这是必然的结果。

吴氏晚年，有弟子问他，为何不专搞创作，而去

---

① 吴组缃（1908—1994）安徽泾县人，小说家、古典文学研究家。主要作品《一千八百担》《山洪》《西柳集》等。

教书。吴氏答：写小说不能养家。此言甚确。以当时吴氏之名，文坛之秀，尚不能专业，其他作家可知矣。那时的作家，不像现在这样，专业，即有铁饭碗，如此容易。然非吴氏一代人，已不足与谈此中之甘苦矣。

一九九五年四月四日上午

理书三记

丁戊稿

罗振玉[①]撰。我于书衣文录,曾记有一条。此书开卷,有倬庵藏书票一纸,粘于扉页,毛边纸朱色印制,其栏目为:部、类、书名、撰人、卷数、册数、函数、版本、得所、价目、纪要。

"文化大革命"前,我正买书上瘾,也想照样刻一

---

① 罗振玉(1866—1940)祖籍浙江上虞,生于江苏淮安,近代教育家、考古学家、金石家,著有《殷墟书契》《三代吉金文存》等。

大木印，印制一些书票，粘在我的线装书上。随即风暴来临，未能如愿。今老矣，万念俱灰，只是觉得这种书票简易而实用而已。

书前还有一方长条印章，藏书者好像叫邵章倬，是罗振玉的熟人。

书中文字多为金石跋尾，关于王国维的有：《王忠悫公遗书序》，《海宁王忠悫公传》，《王忠悫公别传》，《祭王悫公文》，共四篇。我前曾有评论矣。

罗氏此书，印于大连，技术落后，错字颇多。罗氏写有详细校记，附于书后。而书中错字，也已经逐个改正。铅字为三号黑体，改者用墨笔勾画，尽量不留痕迹，是校书老手所为，想即为倬庵所校也。精细如此，值得学习。

一九九五年四月五日上午

碧声吟馆谈麈

这也是一部西泠印社①的书，书夹缝下端，标为

---

① 西泠印社，创建于1904年，浙江杭州的一个金石篆刻研究学术社团，兼及出版书画作品。

西泠印社胡氏聚珍版。书用上等粉连纸,并有衬页,三号仿宋精印。富丽堂皇,天地广阔,大方无比。上下两册,价只二元,也是从南方邮购的。

西泠印社以篆刻艺术著称,所接触多为书画界名人。其印书亦注意形式,字体、纸张,均极一时之上选,但书籍内容,价值并不太高。此书亦然,多记晚清名流诗文及逸事,均属平平,无特殊之作,但供艺术家们消闲阅览,也就可以说是不错了。

书为仁和许善长编,该人大概是清末一位小京官。

一九九五年四月五日上午

吾学录初编

清·吴荣光[①]撰,同治庚午,江苏书局重刊,共六册。

此书盖当时不知内容,以为是笔记购进者。

第一册内容:典制,政术,风教,学校。

---

① 吴荣光(1773—1843)清代诗人、书法家、藏书家,著有《石云山人集》《历代名人年谱》等。

此书主要摘录大清会典而成，由此可见当时社会风习，亦不得谓为无用也。

第二册内容：贡举，戎政，仕进，制度，祀典。

吾尝思：如不参加革命，吾亦不能乡居，不能适应当时旧风俗礼教，必非常痛苦，而不为乡里喜欢。既不能务农，稍识字即被歧视，此余所习见也。

第三册内容：宾礼，婚礼。

吾出征八载，归而葬父；养病青岛，老母去世未归；"文化大革命"时，葬妻未送。于礼均为不周，遗恨终身也。

第四册内容：祭礼，丧礼。

第五、六册内容：律例。

律例部分有参考价值。

以上，一九九五年二月十八日题于该书书衣者。

一九九五年四月六日晨抄

北隅掌录

道光乙巳，钱塘汪氏校刊①，此老板振绮堂丛书。

---

① 钱塘汪氏校刊《振绮堂丛书》甚多，详情不知。

开本甚大，天地广阔，粉连纸，字方整清朗，板有少处漫漶，上下两册。

著者黄士恂，清钱塘人。前有汪迈孙序，作者道光丁酉自序。

汪序称：士人载笔，升高能赋，山川能说。一里一邑，传习其所闻见。贤者之用心，大抵如斯。并谓黄氏此书，可与厉鹗之《东城杂记》相比。《东城杂记》为汪小米所刊，亦振绮堂也。

此书虽亦记述地方掌故，然文字典雅，取舍有序，每记一处，除记见闻，并征引前人记载，与之对证。从现实再现历史，可读之篇甚多。

古人著述，虽记述一时一地，着眼必从大处，求其能以征信。传语流言，亦无不悉意关情，即能把小事写大。不像今日有些作者，把大事写小，写得委琐不堪也。

一九九五年四月十日上午

续汇刻书目

连平范氏双鱼室刊，竹纸十册。

此罗振玉所编书目，其妇弟范纬①所刊也。据自序，清嘉庆间，顾蒉厓②有《汇刻书目》，颇便读者；光绪初年，有唐栖朱氏为之增修，清亡，罗氏流亡日本，就其书库所藏，编《续汇刻书目》。基础既小，时间又仓促，其影响远不及顾、朱之作，流传亦不广。我从上海邮购一部，不久即"文化大革命"，也没有很好利用。偶尔翻阅，发现编写不太细心，一些丛书细目，时有遗漏错乱。当时罗氏失意无聊，以此消遣，心不在焉，故有此失耳。序末不用民国纪元，而称"宣统六年"，甚可笑。

顾书我有，函两小本，共十册，系光绪乙亥琉璃厂③刻印。又有《续汇刻书目》两函十册，同时购进。然非朱氏书，而为傅云龙续刻者。皆有满城张氏藏书印。张氏为满城名族，读书人甚多。我在中学时，第一位国文教师，张涤吾先生，即系满城人。未悉此书是他家之所藏否。

---

① 范纬，生平不详。
② 顾蒉厓，生平不详。
③ 琉璃厂，北京十大胡同之一，其沿街商店以经营各种文房四宝、字画古玩而驰名中外。

朱氏续刻，在劝业场二楼书肆遇到过，因已购前书，犹豫未购。

这种书目，于查阅丛书细目有用，后来有了更方便的工具书，如《丛书综录》之类，它的读者就少了。但因它的版本轻便，容易查阅，又有其可爱的一面。

琉璃厂印的书，都是书贾所为，偷工减料，纸张印刷俱不佳。又加年代久远，函套百孔千疮，我用小块蓝布，一一补贴，形同僧衣，寒伧而可怜。近日理书，书写了宣纸书签贴上，增加一点新鲜。有的造反派，估计我的藏书，值多少钱。不知像这样的破烂，能值几何？造反派最容易变为向钱看。

一九九五年四月十日下午，雨

直斋书录解题

前面提到的顾崈庢，曾在《汇刻书目》自序中说：

古读书者，极重目录之学。自汉刘向《别录》，刘歆《七略》，剖析条流，各有其部，后世簿录皆宗之。孟坚作史，始创艺文，虽标举书名，而铨疏或寡，盖又史例宜然也。自是详略两体，代有成书。

所谓"详"的一体，就是后来的书目书。这类书自宋代以来，浩如烟海，其中最有价值者，莫如宋吴兴陈振孙所撰《直斋书录解题》一书。

《四库总目提要》称："自刘歆《七略》以下，著录者指不胜屈，其存于今者：《崇文总目》；尤袤《遂初堂书目》；晁公武《郡斋读书志》及此书而已。"而在这四部书中，前二种只有目无注，有实用价值者，只有后二种。故《续汇刻书目》的作者傅云龙说，"刘班肇其规，陈晁拓其体"，成为目录学之宗师著作。

晁书我有《四部丛刊》影印本。

《直斋书录解题》共八册，是外省翻刻的武英殿聚珍版。聚珍版系从《永乐大典》辑出。竹纸印刷，字体亦不大清楚。是在天津购买的，价钱只有四元。我逛书店多年，也没有遇到过别的本子，且跟随我已多年，今年理书，也给它做了一个书套。

近三十年，我倾心古籍，因之注意书目一类书籍，所藏甚多，且多已浏览，虽各有所长，然或多于考订，或流于琐碎，即如有名之作，与此书比较，立见彼书之绌。同是一书，此书所注简明精要，语无虚发，每书必及其时代，述其源流，称其作用。读完注解，读者即对此书具有明确印象，准确的定评，一生受用，不会误导。此不只著者见识高明，且用心超人一等，绝不自误误人。文字典雅，使人乐于诵读。

后之《四库全书总目提要》，及简明目录，均以此书为立论榜样。

一九九五年四月十一日上午

言 旧 录

南林刘氏嘉业堂刊。

大开本，所用连史纸，质地之佳，几如宣纸，余有《嘉业堂丛书》数种，皆为毛边纸，独此书特为精良，纸白如雪，墨色如漆，展卷如对艺术品，非只书也。

此书为常熟藏书家张金吾[①]自撰年谱，前有其夫人所为序，及黄廷鉴所作张月霄传。书末有刘承幹跋。刘氏如此看重张金吾，精印其书，也是惺惺惜惺惺，

---

① 张金吾（1787—1829）江苏常熟人，清代著名藏书家、版本学家、刻书家，著有《白虎通注》《小学考》等。

因同为藏书家。另刘氏所印丛书，内容及印刷，皆为上乘，故当时一经传播，竟引起鲁迅的注意，不惜亲自去刘宅买书。屡遭冷遇，也不灰心。

当藏书家也不易，书中记载其祖上藏书楼大火一次。又一次记载其藏书之失：

> 七月二十九日，从子承澣，取爱日精庐藏书十万四千卷去，偿债也。忆澣为予作赆经堂铭曰：达士旷怀，岂计长久，空诸一切，赆于何有？不竟成此举之谶耶！

张氏于其侄巧取豪夺其藏书，甚想不开，以为聚之二十年，散之一日夜。并不明其侄此举，是为名还是为利。噫，张氏究为书呆子也。不知藏书之家，本有名利两途：书之用也，则为名；书之售也，则为利。书亦物质，并非神物，其遭厄也，古有四端：水火兵虫（鼠）。除此，又有抄家一厄，古之抄，进入官府；近之抄，毁于红卫兵。四厄改为五厄，即水火兵虫红。

张氏失书，不在四厄之内，不过从这一家转到另一家，仍为藏书。后日有的藏书，又能因为利，流入海外，命运就更惨了。张氏早卒于道光年间，幸未见之。

一九九五年四月十一日下午，风

阮庵笔记

临桂况周颐[①]著。端方题署，光绪丁未，锲于白门。白纸大本，共二册。价一元五角，南方邮购。

第一、二卷选巷丛谈，亦地方志之类，记扬州街巷，兼记名家收藏。

第二册上卷为《卤底丛谈》，记蜀地典故。

下卷为《兰云菱梦楼笔记》，记史实、碑刻、诗词。

此书未细读。当时只重笔记，而近代笔记，佳作甚少。作者当为名士，其书刻得很讲究，余又重木板之书，故不问青红皂白也。

今年老，眼力弱，取出这些书，稍为翻阅，钱也不算白花。

---

① 况周颐（1859—1926），广西桂林人，晚清官员、词人、词论家，著有《蕙风词》《蕙风词话》。

过去的书籍，没有广告。顶多有些本店出售的书目。目前的书刊，从封面到封底，都是红红绿绿的广告，语言污秽，形象丑恶，尚未开卷，已使人不忍卒读，隐隐作呕。

这些往日的线装书，则是一片净土，一片绿地。磁青书面，扉页素净，题署多名家书法；绿锦包角，白丝穿线，放在眼前，即心旷神怡。无怪印刷技术，如何进步，中国的线装书籍，总有人爱好，花颜永驻不衰。

一九九五年四月十二日上午

野　记

同治甲戌开雕，元和祝氏藏板。白纸大开本，四卷二册。明·祝允明[①]著，此盖其家刻也。有李文楷同治十三年序，毛文烨原序及祝允明小叙。此书亦名《九朝野记》，是祝氏生平所闻，晚年追忆者。名士纪

---

① 祝允明（1461—1527），江苏吴县人，明代吴中四才子之一。擅诗文，尤工书法。著有《太湖诗卷》《赤壁赋》等。

事，未必皆可靠，余一直未读。而书皮上，一九七五年书有：余读《有学集》，而及是书，并为之包装。《有学集》为钱谦益著，已不记何以读彼而又及此。

余向不喜明人文章，包括钱氏等大人物之作。余以为明人文章多才子气，才子气即浅薄气，亦即流氓气，与时代社会有关。近日中国文坛，又有此氤氲发生，流氓浅薄之作甚多，社会风气堕落，必有此结果也。

一九九五年四月十二日上午

辽 居 稿

这也是罗振玉的著作，石印写本。开卷是罗氏自作小序，全文如下：

> 岁在戊辰，为予自海东返国之十年。人事益乖，衰迟增感，浩然复有乘桴之志。遣朋旧，卜地辽东，逮乎孟冬，结茅粗毕，遂携孥偕往，戢影衡门。辽东山海雄秀，暮春三月，草木华滋，

此土人士，载酒看花，殆无虚日。而我生靡乐，瘖寐永叹，山静日长，摊书自遣而已。百余日间，遂得小文七十首。自避地以来，海内外知好，多邮书存问，并征近著，乃编为辽居稿一卷，将以遗之，俾读此编者，如见老学庵中灯火也。己巳冬上虞罗振玉书。

如果不知道罗氏的历史和为人，千百年后，于旧书堆中，发见此文，披而读之，岂不叹为佳作，抑扬顿挫而诵之，在心目中想象的，又岂不是一位去国怀乡、遭遇不幸、淡于名利、悠然南山的隐士吗？

然而，文章不能脱离历史制约而单独存在。它要伴随的东西很多。

罗氏当时，正在忠心溥仪，往来日本，为建立一个傀儡小朝廷而奔走。当时的辽东，也不像他描述的那么美好，人民也不是那么悠闲。日本侵略的铁蹄，日益深入，人民处于水深火热之中。稍有血气者，无不志在恢复已失的疆土，驱逐日本侵略者。

人之一生，行为主，文为次。言不由衷，其文必伪；言行不一，其人必伪。文章著作，都要经过历史的判定与淘汰。

一个人的历史，更是难以掩饰的。你的言论，有耳共听；你的文字，有目共睹。批判会上的发言，贴在墙上的大字报，虽事过境迁，终有人记得。一位下台的"革委会"主任，曾对我说，某些被他"结合"的"老干部"，曾如何多次给他写信。我想，如果这位主任，也有机会写回忆文章，把这些信件的内容，透露一二，将使那些直到今天，还自称是"老革命"的正人君子，脸上无光。

当然，学术也要与政治有所分别。罗振玉写的金石跋尾，后世一些专家学者，还是要参考的。

一九九五年四月十三日上午

使西日记

《使西日记》二卷，线装一册。一九五九年中国书店影印嘉靖刊本，字方大清楚。日记为明·都穆[①]所

[①] 都穆（1458—1525），江苏吴县人，明代大臣，金石学家、藏书家，著有《南濠诗话》等。

著，正德八年，都奉使赴宁夏，经河北、河南、陕西。所历名胜、古迹甚多，日记多有记载。都穆好考古，有学识。所编《金薤琳琅》一书，甚有名。

余因体弱，不喜旅行。即河北各县，所至亦少。又值战争动乱，虽身经之地，亦很少探访古迹。晚年足不出户，反倒喜欢一些舆地之书。此书购置多年，从未读过，昨今两日，把它读完。都氏日记，甚为简略，记于旅程，无暇铺张。然所记各事，了如指掌，文字功力甚厚。

一九九五年四月十四日下午

忠王李秀成自述校补本

广西通志馆编，中华书局影印，线装一册。此书用吕集义到曾家所摄照片十五幅，对校曾国藩删节过的九如堂刊本《李秀成供》，将一部分删去文字用朱文补入。

李秀成自述，余先后买过三种：除此书外，还有罗尔纲所编《忠王李秀成自传原稿笺证二种》。材料来源，大致相同，但此本醒目，故珍藏之。

偶然翻阅所增朱文，一处，李秀成说："迷迷蒙蒙而来，实不知今日繁难也。"又一处说："迷迷而来。"

参加革命，何谓"迷迷而来"？但也不能怀疑李秀成故意撒谎。他说这种话的意思是：革命之兴，风起云从，万物随之飘动。李秀成正在少年，自然对革命发生强烈的向往，踊跃随之。并未想到革命道路上的诸多困难，以及最后的自相残杀的大悲剧。所以他说："实不知今日繁难也。"这是他的痛心之言。不知何以曾国藩也要把它删去。

一九九五年四月十四日

理书四记

郭天锡手书日记

元·郭畀[①]著。一九五八年，上海古典文学出版社影印九百本，价二元三角。

据后记介绍，此日记曾有横山草堂刻元·郭退思《云山日记》二卷本，又有《古学汇刊》排印本，还有《知不足斋丛书》节本。

此影印本，附有校记，与前二种刊本对勘，但因

---

① 郭畀，元丹徒人，字天锡，书画家，学于赵孟頫，著有《客杭日记》等。

并未附有任何释文,使读者莫名其妙。如以郭氏手书日记为书法作品,就应该由美术出版社印;现既由文学出版社印,则应附录一种刊本,以便对照阅读。字帖后面还附有释文,况文学作品乎! 郭氏虽系行书,然字颇草,有很多字认不清,真是苦事。这样一来,既欣赏不了文学,也无暇欣赏书法,可谓两误事矣。

一九九五年四月二十日中午

汪悔翁乙丙日记

线装,四号字排印本。价八角。书缝下端有明斋丛刻字样。扉页为丙子三月念园题署。

此日记为江宁汪士铎[①]梅村原稿,邓之诚文如辑录。原稿甚乱,整理后尚不易阅读,没有标点,很多地方,难以断句。

前有邓之诚民国二十四年十月长序,首谓:

---

① 汪士铎,清江宁人,字振菴,又字梅村,精通舆地学,为《水经注》释文,著述数十万言,著有《梅村先生集》等。卒年八十六岁。

晚近治洪杨史事者日多，诚以洪杨创业，垂统历十有五年，兵锋所及，达十六省，摧陷六百余城。当道咸之际，外侮凭陵，朝政日非，洪杨投袂，起于金田，由桂入湘，顺流而下，奠都金陵。复渡江北伐，又复夹江西上，摧枯拉朽，所过如入无人之境。亦以山陬海澨，尚有故国之思，豪杰之士，欲倚洪杨以立功名。饥寒亡命之徒，蚁聚蜂屯，往往不招而致，故其部众数百万人……

邓之诚为历史学家，所写长序，有声有色。概括了太平天国，从起义到"君殉国灭，十余万人，同日自焚而死，无一降者，何其烈也"的曲折悲壮的历史，也涉及曾胡[①]诸人平定这次农民革命的策略。

日记的作者汪士铎，当太平军攻入金陵时，他陷在城中，后来逃走，两个女儿，死于战乱。

邓之诚在序中，极力称赞这个人物，如何足智多谋，为曾胡所器重。但从他的日记，实在看不出他有

---

① 曾国藩、胡林翼，晚清重臣。

什么异乎常人之处。他遇难①时,六神无主,措置失当,身家不能自保。对于财物,则斤斤计较,一分一文,都记得清清楚楚。我真怀疑,这样的人,能成大事,能治国安邦。

曾胡所以捧他,大概因为他是一个名士。所谓名士,就是能说大话,不能做实事,乡谚所谓"说大话,使小钱"的人。

我看日记中,他所发的议论,如生齿过繁,政治腐败,为致乱之由。战乱时,应崇尚申韩,少用文人,多招亡命,也都是老生常谈。最使人吃惊的是,这位尼采式的人物,对于妇女,竟如此不敬。他写道:顿觉眼前生意少,须知世上女人多。他主张:"弛溺女之禁,推广溺女之法,施送断胎冷药。家有两女者倍其赋。……严再嫁之律,犯者斩决。……广清节堂……广女尼寺,立童贞女院……"他说女人多是致乱之由。

他认为,以上这些主张和措施,是"长治久安"之策。据说,汪士铎如此仇视妇女,以半边天为敌,是因为他娶了一个刁恶的继室。这当然有些弗洛伊德的

---

① 汪梅村,"隐居以终,卒年八十六",不知"遇难"的依据是什么。

味道。但如此残酷的主张，竟形之文字，就有些不正常了。无怪他一生潦倒，到老年当上国子监助教，大概还是有人给他说情，才有了一个副高级职称。

书后有邓之弟子谢兴尧和俞大纲的跋，得知邓氏尚抄有汪悔翁遗诗，邓所著《清诗纪事》，舍下只有初编，恐汪氏之诗，及其事迹，不在其内。

以上是我一窥之见，不能说汪氏的全部言论，都无道理。

一九九五年四月二十四日上午

翁文恭[①]公军机处日记

民国二十八年六月，燕京大学图书馆影印，线装二册。

第一册，未标年，从二月初一日至八月二十四日。第二册，从光绪九年八月二十五日至十年三月十一日。

[①] 翁同龢（1830—1904）江苏常熟人，卒后追谥文恭公。政治家、书法家，晚清同治、光绪皇帝的师傅。著有《瓶庐诗文稿》等。

两册衔接，时间一年有余。

翁氏原为光绪师傅，光绪亲政后，得入军机，位至相国。这段日记，当是他执政时所记。但不久即因政变被贬。此日记亦不知是否全本。

我另有翁氏日记全部四十册，可以对照阅看，但已无此兴趣。

此日记，所记甚简略，如记事簿。主要有如下几项：旨，重要折片，发下的封奏，发往各地大员的廷寄。遇有召见，则题于日记上方，不记内容。

观此日记，才知道什么叫日理万机。

翁氏写一手漂亮的行书小字，这本日记，虽然不及他青年时日记的秀丽，还是可以看出他的书法的功力：快、清、秀。

日记除军国大事外，也记一些民间情状，如北京旗民妇女开烟馆赌局，苏杭上海等处，恶妇开花烟馆。学政勒索新进童生，每名三四十金或百金，至少十八两（上册六十六页）。这也可以说是清朝末年腐败现象的反映。

一九九五年四月二十六日上午

三愿堂日记

丹徒赵君举[①]著,连史纸影印一册。价一元。

书前有柳诒征序,谓赵氏日记,年竟一册或二三册,没齿不懈。其孙鸿谦无力全部影印,先印一册。

据书后鸿谦跋,其祖父日记,自道光戊申,装订成册者,共二十二册。此外尚有散页两束。今所印者为道光己酉岁一册。

所记可谓浩瀚,柳诒征至以与清代三大日记相比拟。然日记亦有幸有不幸,赵君此册印行后,以其字体为细小行草,一般人阅读不便。此或因影印时缩小,或因日记作者寒士惜纸,原书如此。总之销路不畅,难以收回成本,以后似亦未再印其他。

有清三大日记,翁以相国之尊,王以文士之重,李以名士之奇,皆具极高之声誉,其日记亦具极大之吸引力,故能有影响极大的出版机构,为之出版。这种出版物,亦非普通读者能买得起,只能存之大图书

---

① 赵君举,生平不详。

馆或高贵人家客厅的书架上。也不一定有多少人去利用。更实事求是地说，这些名日记，也不一定就都有那么大的学术价值。《湘绮楼日记》，印得那么精美，读起来实在清淡寡味。

赵君举一寒士也，观其自订年谱，一生馆幕，从未发达。所记，因字小难于细读，然柳氏序称：

> 其关于朝章国故者，虽较瓶庐为逊，而谭艺稽古，馃缕佚闻，旁及民生物力之消息，可备史料，不在越缦湘绮下。

其文字之谨严深厚，尤可与三家颉颃。当非虚言。书内夹有广告一纸，赵氏除日记外，尚影印有《三愿堂遗墨》，附述其身世，惜余未得见也。

一九九五年四月二十七日上午

西征日记

古棠汪振声录，光绪二十六年庚子八月开雕，书缝下端有梦花轩字样。价一元。

作者身世不详。据自序，曾于上海江南机器制造局工作，后随该局负责人冯卓儒，去甘肃办事，从兰州东归。他先从上海坐轮船至汉口，后经河南、陕西至甘。水陆所经，逐日记之，主要着意于山川名胜，地理风俗。所记颇得体要，并附歌咏，盖亦能文之士也。日记起于光绪三年三月，终于次年三月整整一年。作者文末云：追忆前游，忽忽如梦。其记陕西大旱：

> 至西安省城，寓城外太白庙。时设粥厂，赈济饥民，远来就食，接踵于道。小儿女乞卖于人，莫有一顾。饿死者日以千计。沿途树皮草根，剥掘殆尽，或易子而食，甚有人死两三日，复掘而脔分其肉。富者握金银，不得一饱。此历来未有之奇灾也。

其实，这种灾情，在历史上屡见，陕西尤甚，可惜国人易忘，故此不幸亦不能绝也。

此书亦从南方邮购，多年未读，今昨两日，才把它读完。

一九九五年四月二十七日下午

秦輶日记

这是潘祖荫①在咸丰戊午年，奉旨为陕甘正考官的日记，副考官为翁同龢。

我前记此书为刻本，非，乃西泠印社吴氏聚珍版。潘氏所行路线，亦不同于都穆《使西日记》。此皆素日读书不精细之过也。

书后有山阴吴隐跋，即吴氏聚珍版主人也。知此书以前尚有京版印行。吴跋谓：

> 日记中多唱酬诗词，足征声应气求之雅。间及山川形胜，宾朋晋接，乃至古迹金石，尤足资考证，备掌故。

---

① 潘祖荫，生卒不详。晚清官员。幼好学，涉猎百家，好收藏，储金石甚富。著有《功顺堂丛书》。

名流之日记，其价值亦止于此矣。但潘氏诗词，不脱馆阁浮艳之体，无可读者。

一九九五年四月十八日

越缦堂①日记补

影印，十三册。民国二十五年十月，商务印书馆初版，次年二月再版，当时定价十二元，可谓贵矣。我购于解放后，处理价只六元。

书的题签及印行缘起，均为蔡元培所作。缘起写于民国二十二年十月一日，蔡时任国立北平图书馆馆长。缘起要点：

民国九年初印《越缦堂日记》五十一册。根据李莼客的自述，有一部分没有印行。莼客的原话是："平生颇喜鹜声气，遂陷匪类，而不自知。至于累牍连章，魑魅屡见。每一展览，羞愤入地。"因此，这一部分日记，"或投之烈炬，或锢之深渊，或藏之凿楹，以为子

---

① 李慈铭，生卒不详。晚清文学家、学者，生于浙江会稽望族，室名越缦堂。著有《湖堂林馆骈体文钞》等。

孙之戒。"

初印日记之时，主持此事的浙江公所，就尊重他的意见，把这一部分搁置起来。但人死得久了，子孙们也都不那么关心了，他的话也就不大算数了。这次主持印务的是国立北平图书馆，请钱玄同检阅一遍，认为李莼客所虑，无关宏旨，而且许多处文字，他自己已经剪截涂抹过了，不会再引起麻烦。因此主张援初印之例，仍付影印。这就是这十三册日记补出版的经过。

原有五十一册，再加上这十三册，《越缦堂日记》就还差樊樊山借去的八册了。蔡氏希望樊的后人把这八册也献出来，使它成为全璧，好像没有下文。

原印五十一册，寒斋未及购存，只是在别处借阅过。后来见到这十三册日记补，就买了一部，藉见李氏日记之一斑。

鲁迅先生曾谓：记上的还抹掉，不记的就更多了。是对李氏日记的微词。翻阅他的日记，常遇到漆黑一片，或抹来抹去的地方，看起来实在不舒服。可见此翁，心猿意马，变化无常。从上面所引他的一段自述，也可以看出他的性格和文风。

我老年眼力差，已不愿再读这样紊乱的文字，说实在的，虽然佩服他的学问，对他的尖刻的文风，也不大喜欢了。

从蔡元培所写的缘起，还知道越缦堂藏书，归了北平图书馆，王重民等人辑录其书端识语，曾次第印行。现在流行的《越缦堂读书记》，就不像我过去所想的，只是从日记中抄出的了。

一九九五年五月七日

郭嵩焘①日记

湖南人民出版社整理排印，共四厚册，布面精装。从一九八一年，杨坚、王勉思同志陆续寄赠，一九八三年出齐，共二百万字，亦为大型日记。第一卷为咸丰时期，第二卷为同治时期，第三卷为光绪时期上，第四卷为光绪时期下。原稿本共六十一册，略有遗失。郭氏日记，一直记到他去世前一天，可谓鞠

---

① 郭嵩焘，生卒不详，湖南湘阴人，晚清官吏。著有《养知书屋诗集》《毛诗余义》等。

躬尽瘁矣。

郭嵩焘号筠仙,生于一八一八年,终于一八九一年,道光进士,曾署理广东巡抚。因熟悉洋务,后以礼部左侍郎衔,出使英、法。晚年在湖南讲学。

我对郭氏所知甚少,过去读曾国藩文书,常见他的名字,又买过他写的一本《史记札记》,印象亦不深。今天写这个材料,忽然想起前些日子读李文忠公外部函稿时,有地方说到他。查检抄录如下:

函稿卷第十,五月二十一日论郭刘两使违言:"平心而论,筠仙品学素优,而识议不免执滞,又多猜疑……"

致沈中堂:"自称实不愿与同列,只有奉身以退。"

六月十一日论郭刘二使:"一意孤行,是已弃官如脱屣。"

以上是因为郭嵩焘在英国,与一位姓刘的同事不和,李鸿章向总理衙门写的意见。虽是官场套语,但也可以看出李对郭的认识和评价。我认为这是可靠的。郭是一位书生,性格孤傲,不宜做官,也不恋栈,后来讲学以终,最为得体。

他的日记,我也部分读了,多是行程琐事,官场应酬。

一九九五年五月九日上午

日记总论

我曾购置《曾文正公手书日记》《湘绮楼日记》《翁文恭公日记》《缘督庐日记钞》及《越缦堂日记补》等书,且择要读之。又浏览上述诸小型日记,兼及近代学术名家之日记。对于日记这一文体,遂积有一些感想,分述如下:

人之喜读日记,主要认为日记是一种可靠的史料,可反映一个时期的政治、社会的风貌。其实,并非如此简单。曾国藩、翁同龢日记,这是政治家的日记,然研究政治历史的学者,想从他们的日记中,寻觅当时的政治材料,并非如入宝山,美不胜收,却似披沙拣金,十分不易。这是什么缘故?答案是:正因为他们是政治家,所以对于政治问题,才讳莫如深,守口如瓶。日记是私人著述,不易传播,但向来稍有文化的人都知道,这是危险物品,一旦遭抄家之厄,要首先上缴。政治家对此尤其敏感。翁同龢称其书斋为瓶庐，其含义或即为此。

对于文人名士的日记，也不要多抱幻想。王湘绮号称一代大家，郑振铎编晚清文选，把他列于首位。张舜徽笔记中，则称他在政治上，能倾动公卿，驱使将帅。见到他那印制豪华的两大函三十二册日记，以为都是事关大局，名言谠论，那就会大失所望。他的日记，极其平庸，琐碎，我几次都读不出兴趣来。

倒是越缦堂的日记，名不虚传，自成一格。他的日记，包括读书记，创作的诗词，自圈自点，顾影自怜。加上评论时局、人物，喜怒无常，关起门来骂大街，然后用浓墨再涂去。正像鲁迅所说，他是把日记视为著作的，所以如此细心经营。他的日记，的确很有内容，给后人留下了不少财富，可以说前无古人，后无来者。

日记，归根结底，是个人的生活史。话虽如此，一个人既生存于一定的时代一定的社会，那么他个人的历史，也必然或多或少反映出那一时代，那一社会的某些面貌。例如《鲁迅日记》，简略之极，但还是能看出那一时期的文学史的轨迹。

《鲁迅日记》，我购有人文两种版本，并借阅过影印本，可以说是阅读多遍，印象甚深。《鲁迅日记》，只记天气，来往，书信，出门办事，学校讲课，买办物品，出入账目。也偶及大事，然更隐晦简略。

日记各有风格，各有目的。有的记事失实，有的多存恩怨。有人甚至伪造日记，涂改日记，以作自我修饰。另外，日记亦如名人字画，传者不必佳，埋没者或有真正价值。此乃天道之常，更难言矣。

总之，日记并非读书之要，然藏书家颇以收藏名人精印本为荣。余之购存，正值社会变革之时，日记已无人看重，故得以廉价收存，非为夸饰也。

有很多人，记日记，一生不断，这实在是一种毅力，不管其内容如何，我对作者佩服得很。因为我自幼缺乏耐心，经历战乱，未养成记日记的习惯。晚年偶有感触，多记于书衣之上，为关心我的友朋看重，成为阅读的热点，实在出乎我的意料。

再，日记遗书，如字体大体清楚，最好影印，保存原貌。一经排印，反易出错。然今日语此，有些不合时宜。一切文言古籍，都在译为白话，不久将无能读中国古典书籍者，况古人书写之日记乎！

一九九五年五月九日耕堂记

耕堂题跋

耕堂题跋[①]

题《俞平伯序跋集》

孙玉蓉[②]女士赠。

近读《新文学史料》第四期俞平伯材料。中国所谓名门世家,书香门第出身的学者,俞氏为最后一人矣。

一九九〇年十二月二十二日

---

① 这些题跋,大都是一九九〇年至一九九四年之间,作者购书和收到读者或亲友赠、寄的书之后,随时写下的文字。其作法与写作《书衣文录》,基本上是一致的。
② 孙玉蓉,天津社会科学院文学所原所长、研究员。

题《岳少保书武侯出师二表》

姜德明寄赠。

病中只能读字帖，然遇到不识之草字，亦必翻阅原文，故此二表亦读熟。诸葛亮非文士，其叙事说理，简要通达，文无冗辞，意无虚饰，非文士所能为也。作文与处事同，其根基在所处地位，所操权柄。立在根基之上说话，则语无虚发，情无粉饰，忠诚义气，情见乎词矣。此二表仍为两汉文风，以实事求是为重。后随政治变化，魏晋以来，文章渐变为空谈。

诸葛亮秉公持正，用心自无论矣。即单就文章而言，亦毫无可挑剔之处。两汉政治家，多有文才，魏、晋亦然。至南北朝，当权者虽多武人，仍重文章，即如侯景之辈，亦聘用有才华之文士，掌文墨之事。从此政治家与文学家分开，文学与政治，不再是统一体，而是为政治服务了。

一九九一年一月十日

题《莲池书院法帖》

保定莲池，为余读中学时旧游之地。时有一同乡同学，在莲池内当图书馆员。当时莲池既非公园，游人寥寥。图书馆也没有读者。同乡只是看管那些旧存图书，每月领一份微薄薪金而已。这种生活，当然很无聊，很寂寞。但这一职业，还是靠他父亲在保定教书多年，认识很多文化界人士谋来的，很为穷学生如我辈所羡慕。

我有时找他去玩，即顺便逛逛莲池。当时石刻尚完好，镶于廊庑间，但青年时无心于此，走马观花而已。今老矣，保定来人送此帖，系初拓复制。细观之，其书法价值，实不下于一般名帖。莲池文物，在有清一代，因近京畿，主持者皆名流，实不可等闲视之。

一九九一年二月九日病中记

当时同学，亦不知下落如何？

昨夜醒来，忽记起此同学姓陈，名耀宗。其父在育德中学当音乐教员多年。音乐课堂在大饭厅，台上有一架钢琴，每逢学生不安静，陈老师即用力击键盘示警云。当时学校和学生，都不重视音乐、美术课，也从不计分考试，老师也只是应付。他系安平县北苏村人，所忆不知准确否？

十日又记

题《知堂谈吃》

卫建民赠。

文运随时运而变，周氏著作，近来大受一些人青睐。好像过去的读者，都不知道他在文学和翻译方面的劳绩和价值，直到今天才被某些人发现似的。即如周初陷敌之时，国内高层文化人士，尚思以百身赎之，是不知道他的价值？人对之否定，是因为他自己不争气，当了汉奸，汉奸可同情乎？前不久，有理论家著文，认为我至今不能原谅周的这一点，是我的思想局限。

有些青年人，没受过敌人铁蹄入侵之苦，国破家亡之痛，甚至不知汉奸一词为何义。汉奸二字，非近人创造，古已有之。即指先是崇洋媚外，进而崇洋惧外。当外敌入侵之时，认为自己国家不如人家，一定败亡，于是就投靠敌人，为虎作伥。既失民族之信心，又丧国民之廉耻。名望越高，为害越大。这就叫汉奸。于是，国民党政府，也不得不判他坐牢了。

至于他早期的文章，余在中学时即读过，他的各种译作，寒斋皆有购存。

对其晚景，亦知惋惜。托翁有言，不幸者，有各式各样，施于文士，亦可信也。

一九九二年一月十五日，旧历元旦①，晨记

题《纪晓岚文集》

河北教育出版社，一九九一年七月第一版，精装三册。

柳溪持赠，纪氏，其六世祖也。

纪氏文集，不多见，余逛书市多年，不曾遇之。

---

① 辛未年元旦即春节应是一九九一年二月十五日。

只于青岛养病时，于病友处，见一石印本。当时无心读书，亦未细看，不知是何书店所印。

此书凡例称，纪氏文集曾有家刻本，小嫏嬛山馆刻本，上海保粹楼石印本。病友之书，或即后者。

纪氏文集，虽有旧本三种，然不常见于书肆，盖印数少，书亦不大流行。较之纪氏笔记，版本之多，甚至超出《聊斋志异》，读书之家，无不有之，亦大寂寥矣。

书，流行与否，在其内容。纪氏文集，读者需要的东西，实在太少了。在清代文集中，也是一个特殊的例子。

纪氏功业，在于《四库全书提要》。他不主张著书立说，他说，一切道理，古人都说过了。他说，有些人，在那里苦思冥想，坐卧不安地从事著作，是可笑的。

纪氏笔记五种，过去都是单行，此次河北教育版，将笔记收入文集，这是一种互补，也增加文集的吸引力。

一九九二年六月十二日上午

题《袁世凯奏议》

天津古籍出版社，一九八七年版，精装三册。余案头有近年出版物精装本数种。装订多不得法，料不能说不精，而工艺实在太差。多难于翻检，读时不能放平，盖操作者多乡下妇女，非专业也。此本较佳，厚薄适中，能翻开放平。

郑法清所赠，彼爱人为此书装帧，得有两部，法清知我喜读此种书，故特为相赠也。

奏议起于光绪二十四年（一八九八），止于光绪三十三年（一九〇七），全书四十四卷，收奏片八百篇。原系绍兴沈祖宪所录，沈在袁幕二十余年，盖多出其手笔也。

从事文字工作，不可不读"奏议"。古代名臣之作，固无论矣。余读《东华续录》，曾、左、胡、李[①]等人之奏议，多有佳作。曾、左多能文，其幕僚亦多高手。此编文字稍差，盖沈祖宪、吴闿生辈，均非此种文字程式之首选，而袁氏本人，一介武夫，对此亦不大讲

---

① 曾、左、胡、李，曾国藩、左宗棠、胡林翼、李鸿章，皆晚清大臣。

求也。晚清皇室、内阁，正在手忙脚乱，对文字已无暇多作挑剔，故奏议水平，亦降低要求。

此书校对不善，标点亦多可议之处。

一九九二年六月十二日下午

题《唐才子传校注》

孙映逵校注，社科出版社一九九一年版，价十七元八角。

余原有解放后出版的白文本《唐才子传》，薄薄一本，携带方便。二十年前，与新结婚的张氏，一同回老家探望，所带书籍，就有这本书。已阅读矣，张氏说她有一位江西友人，想找这本书，久而未得。要我送给他。我当时重违其意，遂割爱。

后来一直觉得少了一本重要的书，愿意补上。前数年见中华书局广告，有《唐才子传校笺》出版消息，托人购买未得。今年春季，又见此书出版消息，以为仍是中华那本，遂托北京卫建民代为访求，建民跑了几个地方，终于买到寄来。我一看书前序言，才知和中华那本，不是一码事：中华为"校笺"，此为"校注"。

我买此书，只是为了补足旧存，不在版本。只是薄薄一本小书，换成了厚厚一本大书，阅读不方便，好在原文我已读过了，插上书架吧。

但书价太昂，建民已跑路，不好再叫他贴钱。乃汇去二十元。建民复信云：你头脑中没有货币贬值观念，以为花十几元买一本书，是太贵；捐二千元帮助家乡建校，是"大出血"，可笑。

一九九二年六月十三日晨

题《汉娄寿碑》

余有碑帖画册五六包，均用麻绳捆扎，放在独单大柜中。独单现为厨房。

一日读夏承碑跋语，连及此帖，早饭后寻觅不见，午饭后寻觅又不见，心遂不安，念及心脏有病乃止。

午睡起，又至独单，书捆已全部翻过，仍不见，颇为烦躁。后念及有一捆，只打开一端，未细检阅，又至独单，乃见到，索然自责：年事至此，小事不能从容、忘怀，实堪忧也。

昔读《翁文恭日记》，知其宝爱此帖，晚年失意，放还乡里，以帖自随。一日，帖忽不见，多日查找未得，长随恐被怀疑，寝食俱废。翁亦自思："此仆岂偷拿字帖者耶？"实已怀疑及之。后于小茶几下面抽屉得之。余记此段日记甚确，以其乃晚年易犯之遗忘症与心神颠倒耳，不可不慎重处之也。

翁之字帖乃原拓，价值连城，失之焦急，尚有可说。而余之字帖，乃珂罗版印制，且为旧书，购时定价只一元，也跟着着急，岂非太不值得？此帖无版权页，末有民国四年李钟珏跋，原本为彼所藏，此次只印二百四十部云。

一九九二年四月十九日下午记

此碑号称不缺，文字实不全。检《金石粹编》，正续编均无著录。钱泳《履园丛话》有记载，亦颇简略。然文字古朴典雅，仍可诵读也。

六月十三日补记

题模印砖画

上题《中国古代的工艺美术》。郭若愚[①]编著。公私合营艺苑真赏社出版。一九五六年修订本。文字朱绿两色。只印五百部,余所得为处理本。

墓砖系战国时产物,一九二五年至一九三二年,陆续在洛阳附近的金村发现,多数已被运往外国。

近日无聊,读砖石书,连及此本。本书图版共二十六幅,宣纸印制,甚为精良。解放初期,尚有些好的工艺,艺苑真赏社所印字贴,余购存多种,印得都很好。

余对美术无知识,然本书所印砖画,无论飞禽(鸿雁)走兽(马、鹿、虎、豹、狗、兔)均系白描,十分生动,既通俗而又令人喜爱,实艺术之一种极致。末附出土铜印模一具,使人知砖画印制方法及过程。

耕堂曰:余幼年乡居,进村小贩,有呼喊:"换布屑烂套子"者,小贩多老年,担两个破筐,专收破布

---

① 郭若愚(1921—2012)著名文博专家,上海人,著有《红楼梦风物考》《铁云藏货》《太平天国革命文物图录》等。

块和旧棉絮。前一筐上有木盘，上面放着他用来交换的货物：老年人用的火绒、火石，妇女们用的火柴、针线，此外，还有一些应付儿童的东西，其中就有一种叫"模"。"模"用胶泥烧制，浅红色，凹形，里面的画，多是戏曲人物的头像。

儿童换回以后，也用胶泥填在模中，弄实，脱出晾干，则为一凸面人像。然自制人像，不能烧制，一烧就裂，不成样子。不然，又可以用泥贴在上面，复原一个小贩制作的"模"。这是因为我们的工艺不行，所用胶泥也不行。但是从这里，可以知道所谓"模印"，是怎么回事了。

儿时意趣，实可回味。

一九九二年六月十三日记

题《专门名家》

我有一本书，书名如此。这本书好像还不是我从书肆亲自购买，而是从外地邮购来的。这就有些奇怪，单从书名，我是不会知道书的内容的，何以贸然选购？

想来想去，可能是它的出版单位："广仓学宭"这四个字引起的。

原来我也不认识这个"宭"字，现在查了一种收字较多的，过去商务印的《学生实用字典》，才知道这就是"群"的意思。

这个出版单位，属于犹太大贾哈同的门墙。当时的上海，被称为"冒险家的乐园"，哈同"冒险"成功，自己建筑了一个"园"，这个"宭"，就设在园内。清朝灭亡后的一些遗老遗少，为了吃到洋人的一些残茶剩饭，投奔到这里，弄一些洋人喜欢，中国有些人也喜欢的古董玩艺。当然其中也有不少真正的人才。国学大师王国维就曾在这里呆过一段时间。

它的出版物，印得的确不错。即如这本书，汇集的是砖文的拓片，宣纸印刷，拓片有大有小，有高有低，有宽有狭，把它们一一折叠好，弄得平平整整，厚薄一致，装订成一本大书，这就不容易，就是工艺，就是细心负责的工作。

至于砖文，因不懂，未敢妄评，买了这些书来，闲时翻翻，真如面对无字的砖石，无喜亦无忧，无誉亦无毁，求心境安静而已。

古代砖质，仅次于石，烧制得法。余之叔母，其弟烧窑多年，给她烧制了一块洗衣用的砖。我们那里，妇女洗衣无搓板，多用青砖代替，有的也只是刻上一些横渠。叔母这块洗衣砖，周围却是花纹和蝙蝠，砖也烧得特别坚实。叔母洗完衣服，总是把它好好收藏起来，年代久远，也会成为古董的。

一九九二年六月十四日下午记

题《南阳汉画像汇存》

编纂者南阳孙文青[①]。金陵大学中国文化研究所，民国二十五年十二月以哈佛燕京学社经费印行。

南阳汉画像，是我读许广平编辑的《鲁迅书简》中，鲁迅和王冶秋的通信知道的。一九三五年，鲁迅几次给当时在河南的王冶秋写信，托他访求南阳画像。

鲁迅汇款三十元给王冶秋，请他雇拓工，并告诉他一定用中国连史纸，不要用洋纸，还附寄连史纸的

[①] 孙文青，南阳人，文博学者，其他不详。

标本，以免弄错。鲁迅对这些事，非常认真、仔细，给我留下深刻的印象。王冶秋第一次寄给鲁迅十张画像，后又托一位姓杨的，寄给鲁迅四十五张画像，鲁迅很高兴。这是鲁迅逝世前一年的事。

我们知道，鲁迅在文章中，或致美术青年的书信中，经常提到汉画像，评价很高。

我见不到拓片，只能买画册。第一次，我邮购到一本《南阳汉画像集》。关百益编辑，二十二版，四十一图，惜画面较小。

前有关百益民国十八年二月，在开封写的序。从序中知道，这些画像的访求者，是南阳张中孚。序中介绍了汉画像的几种不同的刻法。

后来，上海古籍书店到天津展销，我又在展销现场，买了这本《南阳汉画像汇存》。这本书，印得很堂皇，版面也宽大，图像清楚，用手书原稿影印，小楷秀整。用宣纸印刷。编辑也精细，每图都有说明：原石何时何地出土？现存何处？原石尺寸等等。

前面有孙文青写于民国二十三年和二十五年的两篇长序，前者介绍访石经过，后者介绍汉画像知识。他以为汉画像中的神话题材，与佛教、道教无关，而出于汉儒邹衍学派的图谶,具体形象,出自《山海经》(如人首龙身像),此像通称人首蛇身,然有足,当称为龙。

画像内容,包括天象图、地域图、历史图、礼乐图、游戏图、祥瑞图。

孙文青,这人很有学问,原来是南阳河南省立第五中学的教员,闲时散步,见道旁、桥下、荒寺、井台,到处都有汉石画像,发生了兴趣,立志搜求,一共收集二百余石,经挑选,合关百益所辑,共得一百四十五图,汇印成此书,于抗战前出版。书后有商承祚跋,无多内容。

南阳为刘秀发祥之地,贵族多,墓中多画像,然此等像皆刻于墓内柱、梁、门、楣之上,石料粗,故刻画亦多粗犷,不清晰。而如武梁祠堂之画像,则作于石壁之上,石壁平整,故画亦细而清楚。这点知识,亦得自鲁迅写给王冶秋的信中。一九三五年,王氏为"饭碗"奔走,当无意于考古,然受先生委托,不得不全力以赴,完成任务。解放后,王氏领导国家考古事业,任文物局长,其知识之源始,也应归功于当年鲁迅先生的熏陶吧?

夏中无事,翻阅汉画,谨记一些心得如上,也是纪念鲁迅先生，为学博大精深，一言一行，无不惠及后学也。

一九九二年六月十七日上午记

附记：

余青年时期，奔走于乡间道路，常于疲累时，坐于道旁墓冢碑座上小憩。回忆碑正面两旁，多有装饰画，其形制仍汉画遗风。然碑面打磨平细，其刻法似是武梁祠风格，而非南阳画像风格也。"文化大革命"，北方碑碣全部打倒砸断，亦多用于砌猪栏，建公厕，作台基，私人收用者少，因视为不祥，后之考古者仍需从这些地方，发见此物，此亦文物之历史规律也。下午又记。

题《蒿里遗珍拾补》

广仓明智大学出版，邹安（适庐）编辑。

邮购得来，书店盖以甲字小圆印，定价三元五角，系当年购书之贵重者。

检罗振玉《雪堂校刊群书叙录》，有《蒿里遗珍序》，已将较精之品影印。此书非罗氏所编，而是将他不要的东西，杂乱无章地编成一书。所收之品，亦无使我感兴趣者。面对一些破烂古董，都是外国人挑剩的、不要的中国文物，中国的学者们，仍在那里孜孜不倦地作跋考证，引起无限感慨。

不过，在一张"地券"的说明中，有这样的记述：这个砖券，在水灾后冲出，一个农民拾到，想叫人看看卖了，后来一想，怕人说是"盗墓"（他深知这是大罪过），又反悔了"放回原处"去了。

这是一个典型的朴实农民的心理写照，看过后有久违之感。

陕西、河南为帝王建都之地，文物层出不穷。一方水土养一方人，靠山吃山，靠水吃水，农民得些便宜，本来也说得过去。但历来得到好处的，还是一些非法之徒，而得其精华者则为外国人。现国有明令，而屡禁不止。枪毙也没用。送进博物馆的，照样丢失。发展到群众性盗墓，挖掘，其结果，仍是要运往港台，卖给外国人，以致那里供过于求，减价处理，可叹，可叹。今日破一案，明日又破一案，不破之案有多少，可想而知。地下的文物，其将绝迹乎？

看一本破书，引起没用的感慨，非读书之原意也。此所谓多愁善感欤？

一九九二年六月十七日下午记

题《何典》

一九九二年四月二十八日，山东自牧寄赠，贺余八十岁生日也。书颇不洁，当日整治之，然后包装焉。

此系工商出版社一九八一年据北新书局本重印。

一九三三年，北新出版此书，颇热闹一时，然余并未读，兴趣不在这上面。也没有想买过，好像也没见到过。但鲁迅先生的两篇《题记》，我是读过不只一遍的。这次得到，修净后，我又读了这两篇题记，并同时读了刘半农和林守庄的序，忽然产生了一个"比较文学"的念头。

俗话说："不怕不识货，就怕货比货。"欧阳文忠[①]

[①] 欧阳文忠，即欧阳修，宋代文学家。

有言：文章如金玉，市有定价，非口舌可争。都是说的比较。

同是作家，或者同是著名作家，这是得不出什么结论的。如果有这样的机会：几个作家同时为一件事写了文章，这文章又接排在一起；而你也有机会同时读了这些排在一起的文章，你心中自然会有一种比较，分清了优劣。

这次，我就感觉，拿鲁、刘、林①的文章，在心的天平上一衡量，轻重大有差别。林的文章，写的是别的方面的事，姑勿论。鲁、刘高下，自在眼前。

这不是天赋天才的分别，是写作态度、写作用心的分别，刘的文章，虽是他自己的事，写得轻飘飘，极不严肃，而鲁迅为朋友作序，却投进全部感情，非常认真。高低之分，就出自这里。鲁迅文章，无论大小，只要有意为之，就全力以赴，语不惊人死不休，必克强敌，必竟全功，所以才得成为文坛领袖，一代宗师。

小说原文，还是没有看，对这种文字，兴趣不大。至于吴稚晖，我学习文字时，他已过时，或者说已到

---

① 鲁、刘、林，即鲁迅、刘半农、林语堂，三人，现代文学家。

尾声，我好像还赶上读了他写的一本谈人生观的书，是安志诚先生讲解的。但他的"放屁，放屁，真真岂有此理"却给人留下深刻印象。进城初期，我还在冷巷买到一套小书，就叫《岂有此理》，这部书好像送给了映山。

但把骂人的俗话，写进小说还可以，《红楼梦》就有"放你妈的屁"这句话。但用于文章，甚至诗词，则不大合适，后者尤不便于吟咏。

一九九二年六月十八日上午

题《雪堂校刊群书叙录》

永丰乡人稿甲种，上虞罗振玉著。

二册一函，连史纸仿宋体大字排印。六十年代从北京中国书店邮购，书后有"甲5"蓝色方印，价三元五角。

书前有王国维序，写于戊午六月。

据一九八〇年江苏出版社，甘儒辑述《永丰乡人行年录》称，罗氏尝言平生未尝求人为书作序，此序静安主动为之。并称：此序无一贡谀语，宜非静安不能为此言。

甘氏书中，引王静安序，几近全篇。然亦略有删节，如"至于奇节独行与宏济之略，往往出于衰乱之世，则以一代兴亡与万世人纪之所系，天固不惜生一、二人者，以维之也"一段则删去，而此段正多"贡谀语"。

此亦不足为王氏病，行文中有些过头话，是常有的事。也可能王国维当时是这样认为的，也可能是迎合罗振玉的观点。

就在这部书中，罗振玉几次提到"天将降大任于斯人"一类的话。开卷第一篇：《殷虚书契前编序》中，即有"今幸山川效灵，三千年而一泄其秘，且适当我之生，则所以谋流传而攸远之者，其我之责也夫"的话。《殷虚书契后编序》中又说："私意区宇之大，圆颅方趾之众，必将有嗣予而阐明之者，乃久而阒然。……至是予乃益自厉曰：天不出神物于我生之前，我生之后，是天以畀予也。举世不之顾，而以委之予，此人之召我也。天与之，人召之，敢不勉夫！"

王国维序中说："案先生之书，其有功于学术最大者，曰《殷虚书契前后编》；曰《流沙坠简》；曰《鸣沙石室古佚书》及《鸣沙石室古籍丛残》。此三者之一，已足敌孔壁汲冢之所出。"

耕堂曰：《殷虚书契》，即甲骨文，寒舍无力购存，亦未能涉猎。《流沙坠简》购存矣，实亦未能全懂全记。至于石室佚书，即敦煌古写本，也只是从王重民之序录，及其他有关材料，略知大概。但不知为什么，对这三种学问，总想多知道一些。这也是发思古之幽情吧。

因此买了罗氏这部著作。确实像王国维说的，罗氏在这三方面，做了很多工作。但做这三方面工作的，并不只是他一人。他在哪一方面，也并不是开创者，也不是成就最大的人。甲骨文在他以前，或在同时，已有刘鹗、王懿荣、孙诒让；流沙坠简则是斯坦因先发掘的；石室遗书，则是伯希和先得到的。二人都是外国人，是盗取中国文物。罗振玉不过是用的人家寄给他的影片材料，谈不上是什么发见。

至于释文、考证，罗氏确也做了一些工作。特别是对甲骨文字的识辨，他下了很大功夫："或一日而辨数文；或数夕而通半义。"但震动全世，被称为人文科学重大成果的，是出自王国维之手的"考释"。

罗氏在三方面，扮演的角色，并不是像他自称的："其存其亡，唯予是系"那么重要。他的劳绩，确也不能抹杀。

罗氏这个人物，也是时代的产物，具备以下几个特点：

一、继承了清朝朴学考据的一些治学方法。但他主要是印书。

二、信息比较灵敏，接受了西欧、日本的一些现代考古知识。

三、结识了一些外国朋友，不管这些人是干什么的，只要帮他印书就好。

四、印书不惜工本，精益求精，充分利用现代印刷新技术。所印书籍，定价昂贵，使鲁迅吃惊，但又因为印得的确好，又不得不买。

他印书是为了传播学术，也是为了赚钱。他总说他印书花了多少钱，从没说过印书赚了多少钱。从他印的书的定价看，一定不会赔钱。

五、罗振玉是学而仕，仕而贾者也。他善于经商，曾在大连开过古玩店。他搜罗古物，不分巨细。然后影拓。用钱时，把原物卖掉；再用钱时，就把拓片印成书。而且一印再印。

六、他结交贾人，熟识收藏家，见实物多。印书又极负责，"自编次校写，选工监役，下至装潢之款式，纸墨之料量，诸凌杂烦缛之事，为古学人之不屑为者，而先生亲之"（王国维序）。这是值得今天的出版家学习的。

我购买罗氏所印书多种，其中见于本书序录者，有《流沙坠简》、《世说新书》及《六朝墓志菁华》。其印刷之精良，装潢之讲究，称得上是空前绝后。至于罗氏在政治方面的所作所为，不在本文论述之列。

一九九二年六月二十六日晨

题《秦淮广记》

商务印书馆民国初年大字排印本，线装四册，缪荃孙编著。前有缪序，大骂人心不古。

缪荃孙为清末名士，图书收藏家、鉴赏家，据传张之洞《书目答问》，即出其手。民国后在上海开设蟫隐庐书铺，经营古籍，所印《柳河东集》，余有藏本，并购存其藏书记数种。

此书得于天津旧书肆，因读鲁迅《中国小说史略》，知《板桥杂记》等书颇有名，而此书收之，并不只一种，故购之。

然于"文革"后，已列入"拟处理"部分，几次想送人，均因无适合之收受对象而作罢。后古旧书籍难得，日子也太平，就没有再送人的打算。

开放以来，"秦淮①文化"大为时髦，并有人想藉此以"弘扬"中华民族文化。此原始材料，不只收罗宏富可作"秦淮辞典"，并且千姿百态，确系"名妓大全"。有些"著名作家"，或尚不知。且海内少见，没准已是孤本。编制电视片，或写历史小说者，其有意睹此秘籍乎？

耕堂曰：此书虽系无聊之书，然编者仍以严肃态度出之，叙述秦淮制度沿革，历史事实，著名人物均有史载。其首引《明实录》几节材料，后见鲁迅文章中亦曾引用之。余读《鲁迅日记》及书信，均未见提及有

---

① 秦淮，指南京秦淮河，明清时其河岸曾是妓女麇集之地。

机会阅读《明实录》，故余颇疑先生所引用，亦出于缪氏之书。

一九九二年六月二十九日晨

题俞樾书《枫桥夜泊》诗（石刻）

此片为江苏文化部门拓印，已忘记是哪位朋友寄赠，存于书笥，已有数年。余有一四尺花梨大镜框，近年多装自己习字及胡诌诗句，字既无章法，诗尤不协音韵，并有时为来客抄去，在报刊发表，贻笑大方。余引以为戒，遂撤除之。近日念及此片，找出装入，大小适合，满室增辉，搬一小凳，对坐观赏，不能不叹石本之佳，书法之魅力也。

俞樾为清末经义大家，著作宏富，无学不通，兼及小说（如改写《三侠五义》）、笔记（如《春在堂随笔》）。其著作，余购存多种，《茶香室丛钞》，并为原刻。

俞氏书法，为学者字，即鲁迅所说：字写多了，自然就写得好一点。没有丝毫馆阁气，也没有丝毫怪气，规矩之中，自有本身风神，余深爱之，悔面对之晚。

字不怕俗,却怕怪。俗能通向大众,怪则为多数人不认识,不认识之字,尚得称为书法乎?

近看电视,寒山寺已成旅游热点,一对对情侣,争相撞钟。枫桥想来也该塑一个诗人夜泊实景。江枫渔火都好办,月落乌啼,就不那么容易。而钟声不分昼夜传来,噪音乱作一团,扰人清梦,诗人就更难对愁眠了。正是:昔人抒写真情意,当今化作生意经。

一九九二年六月二十九日下午

题《簠斋藏镜》

蟫隐庐影印,连史纸有衬页,两大册。扉页为郑孝胥乙丑年(这些人不用民国纪年)题写的书名,隶字,不知是去东北当汉奸之前,还是以后。

目录后附有高邮宣哲乙丑冬所作题记,称陈簠斋藏镜拓本,原藏丹徒刘氏抱残守缺斋。所拓皆系精品,故只百有八镜。宣哲不知为何人。

此系邮购而来,下册封底残破,经余修补。

陈簠斋,即陈寿卿,山东潍县人,为清末大收藏家。罗振玉引端方之言，认为当时古器收藏，首推吴愙斋与陈簠斋。吴久官秦中，故收藏富。而陈则因富于财力，能驱使天下贾人，为之奔走，不出户庭，所收却多于吴。

此册印刷精良，所印均按原镜大小，不惜用两面纸，合印一图，如蝴蝶状。

解放后，出土古镜甚多，我买了两本文物出版社印的，湖南和四川出土的古镜图录，都是照像印刷，又不照原大，加上出土铜镜色暗，图片都黑乎乎。四川一本有拓片，大小一样，看不出镜的原貌。印刷进步了，反不如手工操作之精。金石易损，且易流失，古人即重拓印，而金石文字，非拓印不能见其风采。故历代重视拓本，然必有良工，今日已不可能矣。

然余对此道，实在外行，只能就书本而论之。

一九九二年七月三日晨

古铜器重铭文，陈氏所收古镜，铭文最多，花纹图案也好，所以说都是精品。有的铭文多至数十字。因年代不同，字体也有变化，隶书楷书都有。镜的名目亦多，其中有尚方镜，十二辰镜，位至三公镜，心思君王镜及绝照镜等。

陈氏收藏富，但很少作考释之文。别人有一件两件，便大作文章了。据罗振玉说，陈氏在文字上，甚为矜慎。他的藏品，都是后人代为辑印，所以大都既无说明，更无考释，没头没脑一大堆。这本藏镜能有个目录，有个简短的附记，算是很不错的了。

同日又记

余无一古镜之储，幼年乡居，见妇女结婚时，仍悬古铜镜于腰间以避邪祟，然只见正面，未得细审背面铭文及花饰，亦见如不见也。

又记

题《簠斋古印集》

神州国光社印行，线装四册，粉连纸印，有衬页。六十年代从北京中国书店邮购，定价四元，有甲字小方印。

此书无头尾，无说明，只在书前有"光绪辛巳秋簠斋所拓"几个篆字。

印为朱墨拓本，甚精工。其排列顺序为：古印，秦印，周秦朱文印，巨印，肖形印，官印（亭侯乡侯、将军、司马、将、督、千人监、相、太守、尉、丞、仆射、令、宰长、牧卿执法、侯、伯长、邑长、小长），神印，黄印，单印，唯印，私印，姓名印，姓二名印，之印，子母印，六面印、两面印，肖形姓字印，朱白文相间印，白阑姓名杂印，吉祥印，长方朱文姓氏印等。分得也很杂乱。

全书共一百六十八页，每页印数，多者三十印，少者十二印，共有多少，没有去详计，总之，这是一部古印大观。秦印以后，当大都是汉印。

但我对古文字，一点不懂，多数印文，不能识别，闲时翻阅，好像是欣赏一种抽象艺术而已。

陈簠斋收藏古文物甚富，前文已及之。他家有一楼，即名万印楼，可见他藏古印之多。我还有一本他手拓的玉印集，其中居然有一枚赵飞燕的玉印。此书已送友人。

我有几部印谱，都已送人。这部书不知道为什么留下了。可能是书印得好，书品又好，不忍送人吧。晚年却成为自娱之物。现值炎暑，居然能伏案逐页抄写印名，可以说是"无事可做"了。

据说，古印多出自归化城，贾人去一趟，能得到千余枚。归化是古代争战屯戍之地，用印的机会多，用印的官员多，所以能有这么多的印出土。也因为那里的土地干燥，能保存这些铜印，风沙大，也容易暴露出来。这都是我的猜想，我并没有到过那里。

罗振玉说，古印的出土，对历史考证有诸多裨益，我看有些夸张。就像古钱一样，许多人喜好古印，不过因为它是一种小古董，既可欣赏，也可以买卖。

一九九二年六月三日

题《古泉丛话》

清戴熙著，同治壬申滂喜斋刻。

书共三卷。卷一，十四页；卷二，十四页；卷三，十页。后又附加七页，而不标卷，却装于卷一之前，殆装订之误也。

书重修过。书脑破裂，已全部裱衬。视其工艺，如书店为之，则似劣；如系我为之，又似精，不易辨矣。

书前有戴氏原序，首引张宗子之言："人无癖不可与交，以其无深情也，无疵不可与交，以其无真气也。"这大概指的是：从癖与疵，才可以看出一个人的真正面目。因为癖与疵，不是装出来的。序作于道光丁酉。

后为潘祖荫题识，谓他之刊本，以鲍子年、胡石查两家手抄本合校，并由吴清卿手录上版，于同治壬申年刊成。

今余为此书题识，亦为壬申年。

戴字醇士，谥文节。他的这部丛话，在谈古钱的著作中，名重一时，是权威之作。这些破烂书，都是六十年代初，我从苏州邮购而来。

余对古钱无知识，戴书所记故事甚多，尤多假钱、铁钱的记载，颇有趣味。余作笔记小说读之。

一九九二年七月六日晨

题《梅村家藏稿》

我不喜欢读明清人文集，故购存甚少。或已购，亦不惜送人，如《壮梅堂集》。

但却花重价，购买了这一部《梅村家藏稿》。书为木刻本，共八册，连史纸精印，有"宣统三年武进董氏诵芬室刊"方形书牌。我从南方邮购，价二十五元，是我收藏的贵重书之一。

武进董氏，即董康，著有《东游日记》，我收存，书为石印，共三册，前有胡适序。然所记，号称访书，无多内容。故鲁迅《答日本友人》信中，曾谓：这种人，在中国，不能说是学者。但观其文字，还算是念过书的出版商人，较之今日，亦难能可贵矣。

清朝末年，石印技术，已传入中国，并大为流行，不只方便迅速，而且书写体直接上石，使一些书法家大显身手。罗振玉印书，多用石印，为他写版的书手，颇富功力。书的纸张版式也讲究，从各方面说，都凌驾木刻书之上。

木刻，旷日持久，木板堆积，实在不方便。但有一些好古之士，还是喜欢它，视为正宗。所以石印、铅印，已在市场广泛流行，仍有私人用木板刻印丛书，供应那些好古之士。如缪荃孙、刘承幹、董康就是。

不过，清末、民初的木版书，已经在字形上，有很大变化。受石印、铅印的影响，它们的字体，从厚重逐渐向细小方面转化。董康刻的这部书，其字体，已与铅字的四号仿宋体，相差无几。这和老年花镜，已经比较普及有关。

此书，字虽较小，然开本大，栏格疏朗，在木版书中，别具一格。商务的四部丛刊，吴集即据此影印。

题《入唐求法巡礼行记校注》（日本 釈仁）

李屏锦寄赠。一九九三年四月十三日装。

余欲读孤行苦历之书。今不只无书可读，甚至无报刊可读。报纸扩版成风，而内容变为小报。世风日下，文化随之。读了一程子字帖，亦厌烦矣。乃忆及此书。病中虚弱，精神短少，读书数行即倦。

题《鲁迅书简》

许广平编，一九四六年版。

一九九三年九月三十日上午，于阳台用细砂纸打磨书顶尘污，略为整洁，并包以新装。

近一期《新文学史料》，载姚克材料，涉及与鲁迅关系。乃想到鲁迅致姚书信。此编共收三十二封，时间为一九三三年三月至一九三六年四月。

姚能得鲁迅欢心、信任，实由于他的能干。他关心鲁迅的身体、工作、心情，并能投其所好，帮他做一些实际工作。能在很短期间，与鲁迅关系非常，还能拉他去照像合影。这是一般文学青年很难做到的。

鲁迅书信：此编八百多封，人文第一次书信集三百多封，第二次一千一百多封。然与此编相较，所增多无关重要。此编成于鲁迅刚刚去世。收信者热情献出，内容多有关鲁迅思想、作风，为文学史重要资料，并按人集中排印，看时方便。

十月一日上午记

题《明史纪事本末》

丛书集成初编，据畿辅丛书排印。

此书购置多年，从未读过。近日偶然翻阅明末野史，见《小腆纪年》多引此书，材料翔实，议论准确，乃觅出浏览。其叙事简明有据，非一般野史可比。谷应泰议论，虽用典太密，然颇为平允，不失为大家之作。明史浩瀚，老年已无力读之，有此一书，藉知有明一代梗概。

此书当时购价，仅为一元六角八分，且分订为十册，不惜工时，可见当时出版家精益求精，为读者着想的精神。纸为道林纸，经历半个世纪，仍如新书，可不珍视乎？丛书集成零本，"文革"后，损失颇多，余尤为此书未被处理掉，而内心为之庆幸也。

一九九四年二月一日，为作一简易书套储之。芸斋记于阳窗下。

编　后

孟子曰："无为其不为，无欲所不欲。"

我非常喜欢孙犁的"书衣文录"。

1981年，我请他把《书衣文录·西游记》一文中的"书箴"写一下。没过几天，他就写了，并说"余素不习字，值炎暑笔墨枯竭，仓促无以应之。今日稍凉，晨起整理文具，默写如上；实不成文，并不成字也"。（1981年9月初）

1994年，我还请他把写有"书衣文录"的书找出来，让我拍了十几张书影。

1998年，孙犁已是病中时，时任山东画报出版社总编辑的汪稼明，约我把孙犁在"文革"后复出，写的十本书，（原为三个出版社不同时间出的，印数又参差不齐）重编一下，一齐推出。即统称之"耕堂劫后十种"。

同时，约我把孙犁的书信，编为《芸斋书简》（上、下）出版。

再就是汪稼明也很喜欢孙犁的"书衣文录"，他让我把分散于报刊的收集起来，编成一本书。

共十三本书，出版后都送到孙犁病床前，让他亲自看到了。

2002年，在他去世之后，我多次陪同电视台拍摄他的藏书时，发现了有书衣文录的书，就拍了书影。前后共拍摄有三十余幅。

2013年，孙犁百年诞辰，应人民文学出版社编辑杜丽之约，除了再编了孙犁的十本书，又重编了《书衣文录》和新编了《乡里旧闻》。

2015年，百花文艺出版社出版了孙犁的《书衣文录》（手迹）本。这是我渴望已久的，以为是一个最完全的版本。但我却发现，除了有些"书衣文录"没有手迹之外；这些"手迹"中也没有我所拍摄的一部分。迄今不知什么缘故。

过了两年，海燕出版社李建新约我再一次编《书衣文录》，可谓不谋而合，正中下怀。我把"手迹本"中没有发表的，和"手迹本"没有我所拍摄的，都一齐编入这个新版本之中。出版之后，一方面受到读者的欢迎和好评，另一方面也有几位朋友指出了不足和失误之处。

今次，人民文学出版社再约我编《书衣文录》、我想这是一个极难得的机会，我一定竭尽"洪荒之力"，把它编成最全的（我看过孙犁藏书，有遗漏的"书衣文录"也不会有多少）最少失误的版本，以慰孙犁在天之灵。

我所做的，主要的有以下三点：

一、"书衣文录"既是孙犁的"日记断片"，就要按写作的日期顺序排列，因此，有几则"书衣文录"的顺序作了改动；

二、不论在手迹中，或发表时，凡有笔误、别字，一律改正，不再加括号标示。读者不妨与已有的版本对照看看；

三、《书衣文录》中所涉及的人名，尽力加注，供读者参考。在新文学史上，散文作品，除了《鲁迅日记》，再没有第二本书，像《书衣文录》涉及古今人名、书名如此之多。把他们完全加注，以我的知识、学历是完全不能胜任的。即使已注的，不够准确或失误之处，在所难免。敬祈各位方家、读者不吝教正，无任感谢之至。

刘宗武

庚子春，避新冠肺炎，足不出户，闭门家中，编讫。

散文新编